LA PEAU ET LES OS

GEORGES HYVERNAUD

LA PEAU ET LES OS

Préface de
RAYMOND GUÉRIN

LE DILETTANTE

La première édition de *La peau et les os* a paru
en 1949 aux Éditions du Scorpion.

ISBN 2-266-07489-X

Préface

Georges Hyvernaud pourrait être un homme quelconque.

Un homme comme tout le monde.

Son aventure est celle que des millions et des millions de pauvres gars ont connue. Et, aujourd'hui, dans la rue, si vous le rencontrez, ou chez lui, entre sa femme et sa petite fille, avec sa calvitie naissante de jeune professeur et son doux regard de myope derrière ses lunettes, vous penserez qu'il n'est pas de ceux qui attirent l'attention.

Timide, même, avec ça. Et un peu gauche. Sans oublier cet accent charentais, unique, qui fait qu'on ne sait jamais si c'est un finaud qui parle ou un niais.

Ce serait plutôt un finaud. Un finaud, d'ailleurs plein d'humour et de sensibilité.

Mais qui disait donc qu'il était un homme comme tout le monde ? Parce qu'il a une vie sans panache apparent ? Parce qu'il a été emprisonné ?

Non ! S'il diffère du commun, c'est sans doute parce qu'il sait, comme personne, tirer des impressions exceptionnelles des événements les plus désenchantés.

Sans avoir l'air de rien, notez-le bien.

Jugez plutôt : au retour de sa captivité, il s'amuse à rédiger, à temps perdu, un petit texte de cent cinquante pages. Et qu'on pourrait croire anodin. Il n'est pas le premier, en effet, qui s'essaie à condenser noir sur blanc ce qu'il a vécu. Mais pourquoi n'écrirait-il pas ? Est-ce que tout le monde n'écrit pas ? À force de corriger des copies d'élèves, ma foi, quoi d'étonnant si, un soir, il s'est senti des ardeurs d'écrivain ?

Enfin le livre est achevé. Il en paraît bientôt un chapitre dans Les Temps modernes. *Comme ça. Sans qu'on le connaisse. Sans que ça fasse de bruit. Mais, bien sûr, on ne pouvait pas s'y tromper, le chapitre était remarquable.*

C'est du moins ce qui m'a semblé quand je l'ai lu.

Je l'ai fait savoir à Hyvernaud. Le sujet me touchait d'assez près, il est vrai. Hyvernaud m'a alors confié son manuscrit. Je l'ai recommandé à mon ami Jean d'Halluin pour ses Éditions du Scorpion. Parbleu ! c'était une découverte et il n'y avait pas à hésiter une minute ! C'est ce qu'on a fait. La Peau et les os *n'a pas d'autre histoire.*

Voilà donc un jeune auteur édité sans douleur. Il n'aura pas connu les manuscrits refusés, les visites humiliantes chez des éditeurs à l'air rogue, ce qui, paraît-il, fut le lot de beaucoup qui devinrent ensuite célèbres. Tout a été simple pour Hyvernaud. De l'écriture au contrat final. Une réussite !

Quand on vous disait qu'il n'était pas n'importe qui !

Mais son livre ?

Oui, au fait, il faut bien en dire deux mots.

La difficulté, c'est que le sujet ne supporte guère de surcharge littéraire.

Ne parle pas qui veut de la captivité. Sitôt qu'on force un peu le ton dans un sens ou dans l'autre, on risque de tomber dans le charlatanisme. Il faut pouvoir y aller à coup sûr.

Pourtant, les porteurs de témoignage n'ont jamais manqué.

À des titres divers, Silvio Pellico, Dostoïevski, Oscar Wilde, Aladar Kuncz puis, tout dernièrement, Kœstler, Moussinac, Audisio, Ambrière, Perret, Baudouy, Unger, Calet, parmi tant d'autres (car vous remarquerez comme le nombre a significativement crû avec notre époque), ont tenu le journal de leur détention ou dressé l'inventaire de leur épreuve.

Mettons tout de suite à part David Rousset. L'expérience de l'univers concentrationnaire n'a pas eu sa pareille. Elle a dépassé en horreur et en inhumanité tout ce qu'on avait pu imaginer. Et Hyvernaud lui-même, si affreuse qu'ait pu être sa propre plongée, n'admettrait certainement pas de la comparer à celle que connurent les crucifiés de Dachau et autres lieux.

L'univers concentrationnaire est une chose.

Et insurpassable. À un degré bien plus modeste et bien plus effacé la captivité du prisonnier de guerre (animal assez étrange et assez pathétique malgré tout) en est une autre.

La non-vie des stalags n'a pas connu les chambres à gaz, les fours crématoires, les expériences biologiques, les supplices, les transports, les famines, les épidémies, les folies collectives ou les épuisements physiques. Non, tout s'y déroulait d'une façon bien moins tendue et bien moins spectaculaire. Mais enfin cela aurait encore pu venir. Il n'aurait pas fallu changer grand-chose au mécanisme...

Alors ? Eh bien, je crois que si la non-vie des stalags pouvait être caractérisée avec justesse, elle le serait par la notion de temps. Souffrir un an, deux ans, bon ! Mais répéter ça pendant des années et des années, sans jamais savoir si on en verra le bout, c'est cela qui, à la longue, paraissait inadmissible. Le condamné aux travaux forcés à perpétuité sait au moins à quoi s'en tenir. Avec un peu de philosophie il peut encore essayer de s'organiser. Mais imaginez le gars qui chaque matin se demande s'il n'est pas là jusqu'à la fin des fins. Et qui, par-dessus le marché, se sent parfaitement innocent. On dit que l'espoir fait vivre. Car il lui restait l'espoir. Mais l'espoir fait aussi mourir à petit feu. Il use les nerfs. C'est une drogue qui excite sur le moment. Après qu'elle a cessé de faire effet, on retombe plus bas encore.

Dans le genre, je croyais jusqu'ici qu'il n'y avait rien eu de plus poignant que le journal de Sibérie écrit par Ernst Dwinger, prisonnier allemand des Russes en 14-18.

Mais depuis que j'ai eu entre les mains le petit bouquin d'Hyvernaud, je me suis bien rendu compte qu'il était inégalable dans son humilité et sa bonne foi.

L'atroce n'y prend pas naissance dans l'événement mais au plus profond du dénuement de l'esprit. Lui seul a su peindre le drame intérieur de l'homme qui sent qu'il cesse d'être un homme. Le seul drame qui compte. Le seul dont on ne se remet pas. Le seul aussi (heureusement, peut-être) dont bien peu de nos compagnons avaient conscience. Car combien y en eut-il, au fond, qui refusèrent d'accepter le fait accompli et l'ignoble secours des artifices ? Combien y en eut-il pour regarder la chose en face, pour l'affronter chaque jour cyniquement ?

Pas de massacres, pas d'abjections, pas de

calamités infernales comme chez Dwinger, dans le petit monde d'Hyvernaud. Non, mais la pire des déchéances. Celle de l'homme que d'autres hommes ont dépossédé de lui-même.

Aussi, maintenant, quand je songe au livre d'Hyvernaud, j'admire que cet inoffensif et placide professeur charentais, après que tous les autres eurent extrait du sujet de si grandes quantités de minerais (de qualité, d'ailleurs), ait su, lui, dans sa petite fonderie personnelle, recueillir la pépite impérissable.

Cent cinquante pages, ce n'est pas beaucoup pour une pérégrination mentale qui a duré des années ! Tout y est cependant.

Pas un seul prisonnier, désormais, qui ne puisse ouvrir ces pages sans être saisi.

Au fond, elles sont presque d'une vérité trop criante. Plus réelles que ce que fut même la réalité ! Et comme intolérables, tellement chacun s'y sent nu.

Tout seul.

Avec seulement sa peau et ses os.

Loin des mots et des phrases. Des mensonges et des fables.

Du commencement à la fin. Dans un monde de

baraques et de miradors, de sabots et de chiottes, de menaces et de fouilles, dans l'interminable procession des jours et des nuits, dans la misère d'une solitude faite de promiscuités croupissantes. Tournant en rond. Faisant semblant. Du cher Péguy au beau métier.

Et total, maintenant, comme alors : La Peau et les os.

Un petit livre qu'on ne devrait pas pouvoir oublier.

Et qu'on serait fier d'avoir su écrire.

25 avril 1948.

RAYMOND GUÉRIN.

Passé composé

Picolo te reconnaît bien, tu sais, m'a dit Tante Julia. Picolo, c'est le chien. Baveux, chassieux, ignoble, il tremblote sur un coussin. C'est un amour, dit la tante qui se déplace autour de la table dans son épaisse odeur de vaseline. L'Oncle me demande si j'ai maigri. On ne manque jamais de me demander si j'ai maigri, c'est réglé. Je réponds : Oui, j'ai perdu quinze kilos. Tant que ça, fait l'Oncle. Ce n'est pas comme le fils du boucher, il ne s'est jamais si bien porté que là-bas ; mais Bourdier, tu te rappelles le gros Bourdier, celui qui est aux Assurances sociales, lui alors c'est incroyable ce qu'il a décollé, il fait pitié.

Ils me regardent tous comme pour chercher où je peux bien cacher ces quinze kilos qui me manquent. Il y a Merlandon. Il y a Ginette et son fiancé, le Vétérinaire. Et Pierre. Pierre explique au vétérinaire qu'il prend des petites pilules roses pour son foie. Deux chaque matin. Il ne sait pas ce qu'ils y mettent, dans ces pilules, mais elles lui font du bien, on ne peut pas dire.

Merlandon me verse du bourgogne. « Tu n'en buvais pas comme celui-là au camp. » Il rigole, je rigole, elle est bien bonne. « J'en réservais une bouteille pour ton retour, précise l'Oncle en clignant de l'œil. N'est-ce pas Julia ? Je disais tout le temps : il faut en garder une bouteille pour son retour. » On trinque. À la santé du prisonnier. On retrinque. C'est le moment où la Famille, gonflée de dinde et de bourgogne, s'étale, se débraille un peu, se sent lourde, assise, massive, éternelle.

« Ce que tu dois être heureux », me dit Ginette. Je réponds : « Pour sûr. » C'est vrai et ce n'est pas vrai. Là-bas, on parlait toujours de bonheur. Sans y croire. On s'évertuait piteusement à évoquer le bonheur. On disait : Si jamais on en sort, tu te rends compte. Ce n'était que des mots, tant de mots, tant de soirs, et pas d'autre avenir que des soirs tout pareils et des mots comme ceux-là, de misérables mots sans force, qui n'accrochaient rien, qui ne ramenaient rien avec eux. Rentrer dans le monde des vivants, dans le monde de tout le monde, ce serait une aventure inouïe. Il n'y avait pas de mots pour cette secousse énorme, cet éclatement de Jugement dernier...

Et maintenant, me voilà réinstallé dans le bonheur. Le bonheur n'est plus cette informe rêverie désespérée. Il a pris son contour précis, ses dimensions exactes. Le voilà présent, pesant, évident, un bonheur épanoui et gras. Qu'est-ce qu'il me faut de plus ? Me voilà réintroduit dans les dimanches, dans les familles, dans les digestions familiales. La Tante penche sur Picolo une tête plâtrée de tireuse de cartes. Un bonheur qui sent la vaseline et le vieux chien. Vais-je pas me plaindre ? C'est ça, le bonheur. Au-dessus de mon oncle, on voit la photographie de mon oncle en héros de 14-18 : sa moustache circonflexe et sa croix de guerre – car il est écrit que chacun portera sa croix sur la terre. Le bonheur, c'est la photographie de mon oncle. C'est les cheveux teints de ma tante. C'est la tendre lueur du bourgogne au fond des verres. Et cette discrète envie de vomir qui me vient à cause des vins et de la dinde. « On dirait que tu ne te sens pas bien », s'inquiète Merlandon. « C'est la chaleur », explique Louise.

Rien ne se passe jamais comme on croit. Et d'ailleurs on ne sait pas ce qu'on croit. Même avec Louise, ça n'a pas été ce que je croyais – ce moment d'une insoutenable perfection. Notre joie s'est bêtement éparpillée. « Attends, disait Louise, je vais te faire du café, c'est du vrai, tu sais, j'en ai encore. » L'homme du gaz s'est amené pour relever le compteur. Un gaillard sonore et hilare qui nous inondait de cordialité. À l'étage au-dessous, la radio jouait *Till the End of Time*. Louise disait : « Ne regarde pas mes cheveux, ils sont moches, je devais justement aller chez le coiffeur. » Puis : « Surtout n'oublie pas de téléphoner à Pierre. En voilà un qui va être content, tiens, Pierre. » L'homme du gaz, Pierre, le coiffeur, toutes sortes de présences absurdes s'introduisaient entre nous. J'avais attendu, je ne sais pas, une espèce de scène de théâtre probablement. Au théâtre, on dit juste ce qu'il faut dire, on fait juste ce qu'il faut faire. Alors que dans la vie, on parle à côté, on agit tout de travers, et il y a toujours des détails qui ne vont pas, des fausses notes. C'est comme ça que nous l'avons ratée, la scène du retour. Pas ratée exactement : mais elle aurait dû être autrement, être autre chose. Et c'était déjà trop tard. La vie se refaisait, se reformait, la vie petite et soucieuse de toujours. Tout se remettait en place. Je reprenais ma place. J'enfilais ma veste civile, mon vieux pantalon. Ils sont faits à moi, ils collent bien à tous mes gestes. « J'en ai eu du mal avec les mites », disait Louise.

Parce que votre existence a été éventrée, retournée par l'événement, vous imaginez vaguement que vous aviez droit à du neuf, que vous alliez repartir à zéro. Pas du tout, ça se recolle, ça se retape, c'est comme avant. On ne part pas, on continue. On recommence. On remet ça. On remet sa vieille veste, on remet sa vieille vie. La vie se remet à couler dans ses vieilles petites rigoles. Comme s'il n'y avait rien eu. On a retrouvé sa place. Ma place de passant parmi les passants, ma place d'homme dans la rue, d'homme dans le métro. Nous sommes des hommes et des hommes à couler comme ça, dans des couloirs. À couler le long des murs, le long des barrières, et tout est tracé d'avance, les portillons s'ouvrent et se referment, on n'a qu'à se laisser couler. On est des globules de cette espèce de sang qui coule dans le corps des villes. J'ai retrouvé ma place de globule. Et quelquefois ça se coagule, ça forme un petit caillot. Ça se rassemble dans une salle à manger qui sent la vieille femme et le vieux chien. Merlandon me verse du bourgogne. Ginette fait à son vétérinaire des sourires de magazine. « Tante Julia tient tellement à ce que nous déjeunions chez elle dimanche, m'a dit Louise, c'est pour fêter ton retour. » D'accord. Nous irons chez Tante Julia. Chez tous les oncles, toutes les tantes, tous les cousins, j'en ai des tas. Tout le monde est gentil avec moi, je ne peux pas me plaindre. Ils me demandent si j'ai maigri. Ils me disent : « Les prisonniers, ce n'était pas comme les déportés. » Je réponds : « Bien sûr, ce n'était pas la même chose. »

Mon Directeur aussi a été très bien. En voilà un qui les réussit, les scènes d'émotion. Il a une belle tête de barman, grasse, avec un petit nez crochu. Et sa voix est molle, tiède, épaisse. Elle vous enveloppe doucement comme une étoffe de luxe. Ses bajoues, ses rides exprimaient une commisération décente. Il a longuement gardé ma main dans les siennes, et il m'a parlé de cette lourde, de cette cruelle épreuve que je venais de traverser. « Une épreuve dont vous sortez meilleur et plus fort. » C'était exactement le ton qui convenait. Ni trop attendri, ni trop peu. De la cordialité, mais quand même des distances. Des inflexions mesurées, nuancées, précises : du travail au poil. Et c'était noble, avec ça. Familier et noble à la fois. Quand il prononçait : nos chers prisonniers, je sentais, par la vertu de cet adjectif possessif, que mes cinq ans de nuit et de boue m'échappaient. Ils ne m'appartenaient plus. Dix-huit cents journées qui se fondaient en une fluide richesse nationale, en un capital impondérable géré par des vieillards à voix distinguée. Notre tradition classique, nos cathédrales, nos grands morts, nos blessés, nos mutilés, nos manchots, nos unijambistes – nos chers prisonniers. J'ai essayé de remercier le Directeur en beau style, mais je me suis embrouillé dans mes phrases.

Dans les bureaux, je n'étais pas traité d'une façon aussi flatteuse. De ces premiers jours, c'est surtout les bureaux que je me rappelle. Je gravissais des escaliers, j'attendais dans les couloirs, avec les autres types. Ça aboutissait à un éclopé de la guerre précédente, derrière une table. L'éclopé me renvoyait à d'autres couloirs et à d'autres éclopés. Vous repasserez lundi prochain, je vais vous donner un numéro. Je repassais. Qui est-ce qui vous a envoyé ici ? gueulait l'éclopé. C'est rue Saint-Jacques qu'il faut aller. C'est rue de Liège. Les types autour de moi rouspétaient. Voilà un mois que ça dure, ils commencent à nous emmerder. Sans conviction, d'ailleurs, on sait que ça n'avance à rien de rouspéter. Il nous fallait signer des papiers. Nous avions droit à une liberté bien en règle, avec des tas de cachets, de numéros et d'empreintes digitales. Au bout de deux heures, une infirmière nous ordonnait de nous déshabiller. Un médecin me considérait, la gueule méfiante et dégoûtée. D'entendre toute la journée des types lui parler de leurs ulcères d'estomac et de leurs dents gâtées, à la fin ça avait dû le remplir d'idées noires. De sales petites idées, comme des punaises. Une gelée noire de petites idées plates et collées les unes aux autres. Le médecin me demandait : Vous toussez ? Il y a longtemps que vous toussez ? Je répondais gentiment : Oui, docteur, oui, docteur. Ah, ah, faisait le docteur. Il paraissait fâché. Il se recueillait. Il écoutait bouger les petites idées noires. Il notait quelque chose sur un papier. Alors vous toussez ? Bien sûr, je tousse. Puisque je dis que je tousse, c'est que je tousse. On verra ça, disait le docteur.

Après, c'était les rues, les magasins, les visages rouillés des passants. Je m'arrêtais, je repartais. Je regardais des cravates derrière une glace, jaunes, vertes, avec des raies. Je lisais les vieilles affiches, ou bien les inscriptions sur les petites plaques de marbre : Mort à vingt-deux ans. Des fleurs séchaient au pied des murs dans des boîtes de conserve. Moi, je suis vivant, c'est une chance. Je m'arrête et je repars. Je passe devant des cafés, j'achète un journal, il y a des vieilles qui vendent des lacets et des lames de rasoir. C'est quelque chose d'être un homme vivant qui marche comme ça dans la chaleur. Même avec cette déception informulable au fond de lui, ce goût fade de la déception. Je pourrais être comme Vignoche qui est entré à l'hôpital dès son retour, et qui va mourir. Comme Chouvin que sa femme a plaqué. « Tu comprends, lui a-t-elle dit, moi, j'ai fait ma vie autrement. » Des types comme Chouvin, il n'en manque pas. Il y en a dont les journaux parlent, parce qu'ils ont donné à leur souffrance l'éclat rapide et dérisoire du crime. Et il y a tous ceux dont on ne dit rien, qui s'arrangent comme ils peuvent de leur peine, qui la racontent aux copains, et les copains se foutent d'eux. Moi, au moins, j'aurai eu un retour sans histoires. Je vais monter l'escalier, et Louise sera là qui s'essuiera les mains à son tablier avant d'ouvrir la porte. Elle criera : C'est toi ? parce qu'elle a peur des voleurs. La nuit j'étends les mains et Louise est là, j'enferme dans mes mains le visage de Louise, les seins de Louise. C'est vrai que je suis heureux. Mais il est idiot de réfléchir tout le temps à son bonheur, de le scruter, de le flairer, pour savoir s'il est intact et bien mûr. À force de réfléchir, on n'est plus sûr de rien. Et puis, j'ai l'air de réclamer des compensations, de revendiquer mes droits comme un retraité de l'État qui croit qu'on le roule sur le montant de sa pension. Louise a raison quand elle prétend que je complique tout et que je suis trop exigeant. Le mieux serait de se détendre, de s'abandonner un peu.

J'essaie, je fais de mon mieux. Je souris à Tante Julia. Je souris à Merlandon. Chère vieille tante, cher vieux Merlandon avec ses yeux de lapin blanc. La tante pousse vers moi la tarte aux fraises. « La spécialité de Ginette, tu m'en diras des nouvelles. » On regarde Ginette, Ginette regarde le Vétérinaire, le Vétérinaire regarde la tarte et rêve à toutes les tartes qui se préparent pour lui dans les dimanches de l'avenir. Je fais l'éloge de la tarte : je connais les convenances. Pierre déclare que dans les pâtisseries on n'en trouve pas d'aussi bonnes. On a beau dire. « C'est à cause de toutes les saletés qu'ils y mettent », explique la tante. Elle m'exhorte à reprendre de la tarte. J'en reprends, je souris de plus belle. Ils reprennent tous de la tarte. Chère vieille tarte.

Et ils en viennent à parler du temps de l'Occupation. L'Oncle raconte que, lorsque les Allemands ont fichu le camp, il s'est mis devant sa porte, lui, l'Oncle, pour les narguer. Il leur adressait des petits signes d'encouragement. Tu n'aurais pas dû, dit Pierre, ces cocos-là n'entendaient pas la plaisanterie. Que veux-tu, dit l'Oncle, je suis comme ça. C'est comme moi, dit Merlandon. Voilà Merlandon lancé dans ses souvenirs, on ne pourra plus l'arrêter. Et comme toujours, c'est autour de Ruche que s'enroulent les souvenirs de Merlandon. Depuis que Ruche est mort, Merlandon et Ruche sont inséparables. Avant la guerre, ils se connaissaient à peine. Ruche vendait de la bonneterie. Il était en instance de divorce. C'est tout ce qu'on pouvait dire de lui. Quand il vous accrochait, vous en aviez pour deux heures de plaintes inextricables à propos de son avoué et de ses frais de procès. À part de divorcer et de vendre des chaussettes, on ne concevait pas qu'il pût arriver quoi que ce fût à cette créature éplorée. Mais il lui est arrivé d'être torturé et de se taire. Il lui est arrivé d'être fusillé. « On n'aurait pas cru », disent les gens. On ne croit jamais qu'un pauvre type puisse comme ça, tout d'un coup, choisir la fierté et le courage. Et maintenant Merlandon s'est fait le chroniqueur, le chantre de Ruche. Il s'est associé à ce fantôme. Il s'est doucement glissé dans le destin de Ruche, dans le combat et le silence de Ruche. Il enchevêtre dans des récits ambigus et pathétiques ce que Ruche a fait et ce qu'il a fait, lui, Merlandon, et ce qu'il aurait pu faire. C'est plein de sous-entendus et de subtiles transpositions. On ne s'y reconnaît plus. Pas moyen de savoir ce qui appartient à Merlandon et ce qui appartient à Ruche. Merlandon finit par prendre toute la place. Même quand il prononce : « Ruche, c'était un dur » – en vous fixant de ses petits yeux rouges –, on comprend tout de suite que c'est lui qui est un dur. Du granit, Merlandon, de l'acier.

J'écoute Merlandon. Je m'occupe à digérer la tarte. « On en a bavé », proclame l'Oncle. Tous s'échauffent. Ils baignent avec ravissement dans ce mythe exaltant qui est venu colorer leur vie. Cette aventure collective où le réel et l'éventuel sont indiscernables, où se mêlent les parts et les rôles et où les faibles finissent par bénéficier du courage des autres. Mais moi, je n'étais pas dans le coup. Étranger à ce drame confus dont déjà on ne peut plus rien connaître, à ce passé tout proche auquel les ruses du langage et les suggestions de la pudeur, de la vanité ou de la peur donnent son visage indéchiffrable. Je me tais, malveillant et irrité. Je me sens oublié comme un mort à son enterrement. Je n'intéresse personne. Personne n'intéresse personne. On fait semblant. Chacun parle de soi. On écoute les autres pour pouvoir leur parler de soi. Mais au fond on s'en fout.

Après que chacun a bien parlé de soi, la famille se rappelle pourtant ma présence. Vous autres aussi, dans vos camps, vous en baviez, dit la Famille. Forcément, on en bavait. Les têtes se tournent vers moi, c'est mon tour. La Famille veut savoir ce que nous mangions, si nos gardiens nous maltraitaient. Raconte un peu, demande Louise, le type qui s'est évadé dans une poubelle. Oh oui, raconte, implore la Famille. Je me fais l'effet d'être encore le petit garçon à qui on imposait de réciter au dessert *La Mendiante*, d'Eugène Manuel. Je me résigne : Eh bien, voilà, c'est un type qui...

Mes souvenirs, dans ces moments où je suis bien encastré dans la paix compacte de la Famille, c'est curieux comme ils perdent de leur mordant et de leur autorité. Ils sont sans force, ils n'ont même plus l'air vrai. Pas moyen de croire à ça quand on regarde Ginette servir le café en prenant soin de ne pas tacher la nappe. Quand on regarde Merlandon, le Vétérinaire, l'Oncle. Existences indiscutables et invincibles comme celle des choses. Comme celle du petit berger de bronze sur son napperon de dentelle – la même dignité, la même puissance sourde.

Cette solidité repousse et nie les souvenirs. Au contact de la réalité des dimanches familiaux, l'humiliation et le désespoir ne font plus qu'un jeu d'ombres improbables, une espèce de cinéma absurde. J'en suis sorti, à présent, et une fois dehors ça ne colle plus au reste, ça ne se raccorde plus. C'est quand je suis seul – dans la foule, dans le métro – que les souvenirs reprennent leur consistance. J'étais bien tranquille, bien vide, comme tout le monde, et tout à coup il y a cette haleine contre mon visage. Je reconnais l'odeur de cuir et de drap de troupe. J'ai à nouveau la main grasse sur ma chair. Je redeviens cet homme nu, ses vêtements à ses pieds, un homme qui a froid, qui a honte de son ventre gonflé et de ses jambes misérables. Ou bien, c'est le sous-officier allemand qui surgit. Le vieux sous-officier avec sa veste courte, ses grosses fesses. Il se tient au bord du trottoir, un bâton à la main, planté dans ses bottes énormes. Et quand nous passons devant lui, il tape dans le tas. C'est comme ça qu'ils me tombent dessus, les souvenirs, qu'ils m'attaquent soudain et pèsent sur moi de leur poids atroce. Ça ne dure pas. Quelqu'un demande :

Vous descendez à la prochaine ? Les gens me bousculent, me délivrent.

« Voilà, c'est un type qui... » Mon petit récit a du succès. Tout à fait la sorte de récits qui convient aux familles : coloré, drôle – et crâne en même temps ; moitié Courteline et moitié Déroulède. La Famille s'amuse et admire. Encouragé, je passe à l'aventure de Piquet (nous l'appelions « La Motte-Picquet ») quand il a démonté le compteur électrique. On s'esclaffe. Il n'y a que Pierre qui reste froid parce qu'il n'a pas bien saisi, il faut tout recommencer pour lui, mais après il rit plus fort que les autres. Ce doit être mauvais pour son foie de rire si fort. Et ainsi, à mesure que j'en parle, mes cinquante mois de captivité se transforment en une bonne blague de chambrée, en une partie de cache-cache avec nos gardiens. Voilà ce que j'aurai rapporté de mon voyage : une demi-douzaine d'anecdotes qui feront rigoler la famille à la fin des repas de famille.

Mes vrais souvenirs, pas question de les sortir. D'abord ils manquent de noblesse. Ils sont même plutôt répugnants. Ils sentent l'urine et la merde. Ça lui paraîtrait de mauvais ton, à la Famille. Ce ne sont pas des choses à montrer. On les garde au fond de soi, bien serrées, bien verrouillées, des images pour soi tout seul, comme des photos obscènes cachées dans un portefeuille sous les factures et les cartes d'identité. Et puis les gens sont devenus difficiles sur la souffrance des autres. Pour qu'ils la comprennent, et encore, il faut qu'elle saigne et crie à leur tordre les tripes. Nous n'avons à offrir, nous autres, qu'une médiocre souffrance croupissante et avachie. Pas dramatique, pas héroïque du tout. Une souffrance dont on ne peut pas être fier. Quelques coups de pieds au cul, quelques coups de crosse, au bout du compte ce n'est pas grand-chose. L'expérience de l'humiliation n'est pas grand-chose. Sauf pour celui qui est dedans, bien entendu : celui-là ne s'en débarrassera plus. Quand une fois une certaine confiance qu'on avait en soi et en l'homme a été ruinée, il n'y a pas de remède.

Le sous-officier qui tapait sur nous, en Belgique, n'avait pas une gueule tordue de bourreau. C'était un homme placide qui trouvait que nous ne marchions pas assez vite. Alors il tapait. Et peut-être pensait-il à autre chose, à un jardin, à un soir de son enfance.

Peut-être ne pensait-il à rien. Est-ce qu'il nous voyait seulement ? Il tapait comme ça, au petit bonheur, sans colère. Il eût été en colère, on admettrait. Sans plaisir non plus : ça ne paraissait vraiment pas l'amuser. Il devait manquer d'imagination. Il tapait avec une grande indifférence, comme on tape sur des bêtes pour les faire avancer. Et c'était là le pire, cette indifférence de vacher. Être insultés et haïs en hommes, ça va encore. Mais ne plus compter du tout... En passant devant lui nous nous mettions à courir, malgré une fatigue sans nom. Pas par peur, non. C'était bien au-dessous de la peur, c'était la résignation affolée des bêtes, l'affreuse innocence des bêtes. Si je racontais cela à Merlandon ou à Pierre, ils diraient : « Ces salauds-là, quand même, on n'a pas idée. » Sans comprendre qu'un homme qui a, une seule fois, couru sous les coups ne sera plus jamais semblable aux autres, ni semblable à ce qu'il était avant. Louise non plus ne comprendrait pas. Elle m'interroge sur mes colis, sur mon linge. « Tu raccommodais toi-même tes chaussettes ? Mon pauvre chéri, ça devait être du joli. » Elle rit. Elle ne peut pas savoir. Je ne lui dirai pas le sous-officier. Je ne lui dirai pas cette fois où ils m'ont fait sortir des rangs et déshabiller au bord de la route. Et le gros type passait ses mains sur mes cuisses, entre mes fesses. Furieux, celui-là. Il criait sans arrêt des injures. Je revois cette large bouche ébréchée qui s'ouvrait et se refermait. Ce n'est rien, si l'on veut. Il faut mettre du silence sur tout ça.

Mettre des souvenirs faux sur les vrais jusqu'à ce que les vrais en crèvent. Nous racontons de bonnes histoires. On a bien rigolé, des fois, vous savez. Certains choisissent le ton avantageux. Ils s'établissent dans le personnage du prisonnier résolu, roidi, sévère, inflexible. Cela fera une captivité en chromos, comme l'autre guerre, celle de 14, est devenue une guerre en chromos, avec son poilu cynique, râleur et bon enfant. Mais les vrais souvenirs vivent par en dessous. Ils s'obstinent. Les souvenirs d'impuissance et de dégoût. Nous avons touché le fond. Nous nous sommes vus jusqu'au fond. Nous avons vu les autres jusqu'au fond. Ce n'est pas facile à oublier.

L'autre dimanche, j'ai rencontré Faucheret. Quand j'ai reconnu son visage clignotant, il était trop tard pour l'éviter. Faucheret traînait sa femme à son bras et poussait devant lui deux petites Faucheret à rubans bleus. C'était l'heure du dimanche où les rues s'emplissent de couples. Des couples qui sortent du cinéma ou qui y entrent. Des couples qui en avaient assez de s'embêter à la maison et qui viennent s'embêter dehors. Des couples qui prennent l'air. Qui prennent l'air ravi ou résigné, ou fatigué. Le couple Faucheret a l'air « nous ne sommes pas au monde pour nous amuser ». On a fait les présentations. J'ai exécuté des sourires aimables et des mouvements de croupe. J'ai tapoté les joues des petites. « Mon mari me parle si souvent de vous », m'assurait Mme Faucheret. C'est une dame de style sévère qu'on verrait assez bien en gardienne de w.-c. dans un quartier convenable. Faucheret m'appelait « mon vieux » et me renseignait sur sa santé. Il m'a annoncé qu'il venait d'être nommé à Janson. Je l'en ai félicité. Et comme nous n'avions plus rien à nous dire, nous avons exécuté à nouveau des sourires et des mouvements de croupe, cher monsieur, chère madame, et nous nous sommes perdus dans les couples.

J'ai observé Faucheret un jour qu'il volait un morceau de pain. Il a hésité un bon moment. Le pain était tout près de moi, sur le lit de Pochon. Faucheret le considérait d'un regard en biais, et il sifflotait en se grattant les aisselles. Moi j'affectais de m'absorber dans le raccommodage d'un vieux chandail. Les copains, dans la chambre, ne faisaient pas attention. Faucheret sifflotait, debout, et je sentais l'acte tout préparé dans son corps, dans ses doigts. Il se gratte. Il a l'air d'un oiseau effarouché. Le pain s'étale, gris et gras, énorme sur la couverture brune. On ne voit plus que lui. Il prend une existence intense et insolente. Il annule à lui seul la chambrée et ses tumultes. Je baisse le nez, je guette, je trouve ça intéressant. Faucheret avance encore un peu, me regarde, sifflote, se gratte. Je pense : osera-t-il ? Comme d'un homme au bord d'un toit je penserais : est-ce qu'il va tomber ? Avec au fond le désir que ça se produise. Il me regarde une fois de plus. Je passe ma laine avec application. Tu te décideras, oui ou non ? Est-ce que l'acte va sortir de lui, briser cette couche de peur ? Je crois que je lui en voudrais de renoncer. Allons, vas-y, bon dieu... J'ai noté la hâte maladroite de sa main rouge quand elle s'est refermée sur le pain. Il l'a caché sous sa capote. Il est parti. Je pensais : trop vite, il n'a pas encore l'habitude. Une heure plus tard Pochon a cherché son morceau de pain et s'est mis à hurler. Il jurait qu'il casserait la gueule au type qui avait fait ça. Les autres rigolaient en douce. Ces choses-là arrivent tous les jours. On n'a pas idée de laisser traîner du pain. Faucheret avait son visage habituel, son regard d'oiseau perplexe. Il s'est aperçu que je le regardais, et il m'a fait un sourire furtif, craintif, qui signifiait : oui, je sais que tu m'as vu, tu n'ignores plus que je suis un salaud. Et après ? C'est vrai, que veux-tu, je suis un salaud. Comme les autres. Nous sommes tous des salauds. Tous.

Des souvenirs comme celui-là, voilà ce qui donne mauvais goût au bonheur. Et on en a des tas de souvenirs comme celui-là. Je serais curieux de savoir ce qu'il en a fait, Faucheret, de ses souvenirs. Le goût qu'a pris le bonheur de Faucheret. Comment Faucheret défend contre les souvenirs cette existence majestueuse qu'il développe entre les petites à rubans et la gardienne de lavabos. Parce que lui, c'est justement un de ces hommes que j'ai vus jusqu'au fond : comme ces bassins qu'on vide et qui avouent leur boue verte et toutes ces molles saletés.

Je l'ai connu en juin 40. Nous étions alors des centaines de milliers de vaincus qui coulaient lentement sur les routes de France et de Belgique. Un immense fleuve de défaite. Chacun était un peu de défaite. Tout ce qui rassemble l'homme s'était relâché et rompu. Les volontés se débraillaient. Plus de pudeur. On adhérait à l'abjection. On acceptait la mendicité, la guenille, la crasse. On se battait pour boire un peu d'eau. Des gens nous jetaient des bouts de pain. On se ruait à vingt là-dessus, en une affreuse lutte silencieuse. Vingt hommes devenus une seule bête convulsive que les sentinelles dénouaient à coups de crosse. Nous chapardions dans les jardins et dans les haies. Nous trimbalions des baluchons absurdes. Les Allemands poussaient ce troupeau à grands cris. Cela répandait une odeur terrible de paille, de peau et de mauvaise fatigue. Le soir, on nous parquait dans des champs, dans des usines incendiées. Chacun se soulageait où il pouvait, et après nous dormions parmi nos déjections. Et le lendemain ça repartait. On ne tenait plus le coup. Et quand même on avançait, en jurant, en geignant, les cuisses écorchées, les pieds malades, le ventre tordu, la cervelle en loques.

Et derrière les vitres des maisons, les enfants, avec des yeux de vertige, regardaient cahoter cette procession monstrueuse.

C'est là-dedans que j'ai rencontré Faucheret. J'imagine qu'il avait flairé en moi quelque vieux relent de Virgile ou de Tite-Live. Ça l'aura attiré. Lui, c'était quelqu'un d'assez considérable dans l'Université. Agrégé, normalien, une thèse monumentale sur je ne sais quel poète latin de la décadence. Mais le latin, le grec et l'agrégation ne suffisent pas à tout. Faucheret était lamentable. Il arrivait, dans ce monde de l'indifférence et de la crasse, à étonner par sa saleté. La bouche cerclée de noir, la face ignoble, barbouillée de poussière, de sueur et de poil. Les rouquins, ça leur réussit encore plus mal qu'aux autres de ne pas se laver. Faucheret ne se lavait plus, ne se rasait plus. J'en ai marre, répétait-il stupidement, j'en ai marre. Il avait aussi renoncé aux élégances de langage. Renoncé à tout. Avec même une espèce de sombre satisfaction, comme s'il était établi enfin à son vrai niveau et dans sa vraie nature. Il s'en fichait bien, à présent, des humanités classiques et modernes. Il en avait marre. Il pleurnichait. Il se traînait. On se traînait tous deux dans ce défilé de cauchemar. Pas moyen de me débarrasser de lui. J'aurais bien voulu pourtant. La fatigue, la faim, la fièvre, le dégoût, j'en avais mon compte. Aucune envie de me charger de la part des autres. Mais Faucheret s'accrochait, collait à moi. Il ne m'a plus lâché. Nous devions faire un drôle de couple. J'en ai marre, marre et marre, disait Faucheret. Moi je comptais mes pas avec une obstination maniaque. Un, deux, trois, quatre, cinq. La chaleur était atroce. Je comptais : treize, quatorze, quinze. Jusqu'à cent. Je recommençais. Je m'efforçais de calculer combien il y avait de pas dans un kilomètre. Si un pas fait, mettons, soixante centimètres... J'en ai marre, disait Faucheret, je vais me foutre dans un fossé. Je répondais : On arrive bientôt, tu te reposeras. Un, deux, trois, quatre, cinq, six. Encore un pas, encore un pas. Si un pas fait soixante centimètres. Je me perdais dans mes calculs. Je n'en sortais plus. Et toujours ce fantôme vacillant à mes côtés. On crèvera tous, disait Faucheret. Ça se peut bien. Un, deux, trois, quatre. Tâche de tenir encore un peu, on va arriver. Vingt-sept, vingt-huit, vingt-neuf. Depuis toujours, tout un passé de pas, un, deux, trois, quatre, cinq, cinq pas, des pas de soixante centimètres, depuis toujours la voix pleurnicharde, j'en ai marre, on crèvera jusqu'au dernier, je vais me foutre dans un fossé. Mais non, vieux, on arrive tu vois. Si seulement je pouvais me délivrer de ce type-là, j'aurais plus de force, j'aurais ma force à moi tout seul. On s'en tirera, tu verras. Il marche en titubant, son baluchon sur l'épaule. Je ne m'en libérerai jamais. Passe-moi tes affaires un moment. On s'en sortira, va. Puisque je te dis que j'en ai marre. Puisque je te dis qu'ils veulent nous faire tous crever. Ils nous auront la peau. Autant en finir tout de suite. Soudain je me mettais en colère : Merde à la fin, crève si tu veux crever, ça ne fera jamais qu'un couillon de moins. Alors il restait en arrière, je ne le voyais plus, je me sentais soulagé. Un, deux, trois, quatre, cinq. Nous étions des milliers à nous traîner dans l'été blanc, dans la plaine morte. Nous nous heurtions les uns aux autres comme des ivrognes, comme des aveugles. Et à nouveau Faucheret était auprès de moi, surgi on ne sait d'où, ébouriffé, hébété, vacillant. Et il répétait de sa voix d'enfant, de sa voix de fou : J'en ai marre, tu sais, j'en ai marre...

Sa culotte était toute déchirée. Par les trous

on voyait ses genoux sales, criblés de boutons. Lorsque les sentinelles nous laissaient nous arrêter un quart d'heure au bord de la route, Faucheret regardait longuement ses genoux. Puis, il tirait son couteau de sa poche et, de la pointe de la lame, il crevait un à un ses boutons. Il en suintait un peu de jus rose.

Faucheret faisait cela avec un sérieux effrayant, comme la chose la plus importante du monde. Faucheret a été ce type-là, ce type liquéfié. À présent, devant sa classe de seconde à Janson, il commente d'une voix sans réplique les tragédies de Corneille. « Cette école de grandeur d'âme, Messieurs, comme l'a écrit si justement Voltaire. » Il s'est rhabillé de sa culture, de son autorité. Même il m'a paru à peu près lavé, presque propre. Il réprimande les deux petites qui se tiennent mal à table. « Je vous ai dit vingt fois qu'on s'essuie la bouche avant de boire. » Je le revois, debout, bâfrant à grand bruit sa gamelle de soupe. Comme une bête. « On s'essuie la bouche délicatement, de cette façon, voyez. » Je bois un peu de cognac. Ginette bavarde. Picolo bave. La vie est onctueuse, huileuse, coulante. Vaseline, vaseline. Et moi, j'ai couru comme une bête. On est là, on est soi, et on est aussi ce double incertain sur l'écran. Comme le temps devait vous paraître long. Pour ça oui. Il faut bien répondre. Le temps n'était pas long, il n'était rien, une durée molle où rien ne marquait. Quelles belles amitiés vous avez dû vous faire en captivité. Oui, très belles. Je pense bien : l'amitié de Faucheret. En un sens vous pouviez travailler, réfléchir, nous on n'a jamais le temps, dit le Vétérinaire. En un sens, certainement. Le Vétérinaire manie savamment un cigare, le fait craquer sous ses paumes, en coupe le bout, y pratique une incision. Gestes précis de chirurgien. Il inspire sûrement confiance aux vaches quand il les aide à vêler. Et le tabac, est-ce que vous manquiez de tabac ? C'est plutôt de femmes qu'ils manquaient, lance Merlandon que le cognac rend égrillard. On a recommencé à coucher avec des femmes. À jouer avec des enfants. Les professeurs ont recommencé à professer, les inspecteurs et les sous-inspecteurs à inspecter et à sous-inspecter. J'ai recommencé à déjeuner le dimanche chez la Tante Julia. Encore un peu de cognac, propose la Tante – sa voix insinuante d'entremetteuse. Alors, pas plus d'un demi-verre, là, assez. Pas de cognac pour moi, dit Pierre, à cause de mon foie. Les pilules roses pénétrant dans le foie de Pierre, y délayant, y endormant les souvenirs du bourgogne et du cognac. Quelles pilules endormiront le souvenir de l'humiliation ? « À propos de ce compteur électrique dont tu parlais », dit Pierre. Mais ça suffit comme ça. Il est temps de passer à des sujets plus intéressants. Plus élevés. Le Vétérinaire me demande si j'ai lu un livre qui lui a été recommandé. *Corps et Âme* ou *Âme et Corps*, il ne sait plus. Un livre sur la médecine, d'un auteur qui porte un nom belge ou hollandais. « Sur la médecine », dit Pierre. Non, je ne l'ai pas lu. Le Vétérinaire est déçu, qui espérait une conversation intellectuelle. Ça l'a toujours attiré, la littérature. Il a même obtenu le prix de français, en troisième. Le théâtre de Corneille, messieurs, cette école de grandeur d'âme. Je te dis que j'en ai marre, je te dis qu'ils nous feront tous crever. Ce qui m'aurait plu, me confie le Vétérinaire par-dessus son cigare, c'est de m'occuper de choses comme ça, les poètes, les livres. Mais il faut gagner sa vie, n'est-ce pas.

Oui, il faut quand même gagner sa vie.

Tourner en rond

Le pire de tout, c'est les cabinets. Quand je veux former une image dense et irréprochable du bonheur, c'est à des cabinets que je pense. À des cabinets bien enfermés de murs blancs, dallés de clair, verrouillés. Je suis assis dignement sur la couronne de bois verni, dans ma dignité d'homme libre. Je suis assis au centre d'un épais silence savoureux. Un silence blanc, luisant, crémeux. Il y a contre le mur une boîte de faïence d'où pend un rectangle de papier hygiénique. Il y a au-dessus de ma tête une chaînette munie d'une poignée de faïence. Je suis assis. J'ai tout mon temps et toute ma liberté. Je puis parler seul, lire des vers. Je puis penser à l'immortalité de l'âme, si ça me chante...

Les cabinets, ici, c'est une baraque badigeonnée d'un brun ignoble, avec une porte qui ne ferme pas et des vitres cassées. Seize sièges là-dedans, huit d'un côté, huit de l'autre. Et des traces de merde sèche sur les sièges. On s'installe côte à côte, dos à dos. Seize types sur leurs seize sièges, alignés, identiques, pareillement attentifs au travail de leurs boyaux. Chacun a une feuille de papier à la main, comme une demoiselle qui s'apprête à chanter dans un salon. Ils s'efforcent ensemble, mornes, soucieux, confondant leurs bruits et leurs odeurs. Et d'autres, debout contre la paroi goudronnée, pissent. Un petit ruisseau d'urine mousseuse coule à leurs pieds. Et il y a encore ceux qui attendent leur tour en causant de leur famille ou de leur constipation. Fraternité des barbelés. Fraternité dans la puanteur et la flatulence. Tout le monde ensemble dans un gargouillis de paroles, d'urine et de tripes. De temps en temps quelqu'un se soulève un peu, et, retenant d'une main son pantalon, de l'autre, soigneusement, se torche. Au suivant. On se bouscule autour du trou. On proteste : Grouillez-vous un peu, bon dieu.

J'aimerais autant parler d'autre chose. De

choses claires. Parler des claires jeunes filles, ou d'un regard de vieille dame, ou d'un peuplier au bord de la route. Parler d'un poème, d'une écharpe, d'un tableau de Matisse. Mais tout cela n'existe plus. C'est fini. Il n'y a plus de couleurs, de feuillages ni de regards. Tout a été englouti dans une catastrophe informe. Tout est foutu. Il n'y a plus, au milieu d'un univers détruit, que cette baraque où l'on se soulage en tas. Tout est vide et mort. Et au milieu du vide et de la mort, il ne reste plus que cet asile de la défécation en commun...

– Moi, dit Ure, c'est plutôt les punaises qui me dégoûteraient le plus ; j'ai une peau qui les attire.

Je regarde sa peau : une peau molle et couleur de vieux mur. Les punaises ont de drôles de goûts. Mais c'est vrai que c'en est plein, ici, de punaises. Dès qu'on soulève une planche ou un bout de carton, on les voit qui s'éparpillent. Et la nuit, on ne pense plus qu'à ça. On imagine un cheminement irrésistible de punaises, le long des murs, le long des lits. Un irrésistible et silencieux grouillement de punaises. Un pullulement méthodique et infini d'insectes noirs. La nuit n'est plus que ce remuement des punaises. Cette inépuisable coulée d'insectes plats, de sales petites bêtes plates avec leur odeur sucrée. Portées d'un mouvement unanime et éternel vers la peau grise de Ure, vers la peau de Vignoche, vers la peau de Tronc, vers la peau de Pimbard, vers ma peau, vers toutes ces peaux couleur de brique, de tabac, de salade, vers tout ce qu'il y a dans les peaux, vers tout le sang qui coule sous les peaux, vers les peaux inutiles des hommes inutiles, vers les peaux qui n'ont plus d'autre usage et d'autre justification que d'assurer la triomphante durée du monde des punaises.

Quand même, les cabinets, cela résume mieux notre condition. Mieux que les punaises. C'est plus complet, plus significatif. Avec même un air loufoque, une qualité d'humour sordide. Pour prendre pleinement conscience de ce qui nous est arrivé, rien de tel que de s'accroupir fesse à fesse dans les latrines. Voilà ce qu'ils ont fait de nous. Et on s'imaginait qu'on avait une âme, ou quelque chose d'approchant. On en était fier. Ça nous permettait de regarder de haut les singes et les laitues. On n'a pas d'âme. On n'a que des tripes. On s'emplit tant bien que mal, et puis on va se vider. C'est toute notre existence. On parlait de sa dignité. On se figurait qu'on était à part, qu'on était soi. Mais maintenant on est les autres. Des êtres sans frontières, pareils, mêlés, dans l'odeur de leurs déjections. Englués dans une fermentante marmelade d'hommes. Remués, brassés, perdus et fondus là-dedans. Égalité et fraternité de la merde. On avait ses problèmes. On était fier de ses problèmes, de ses angoisses. On n'est plus fier de rien, maintenant. Et il n'y a plus qu'un problème qui est de manger, et ensuite de trouver une place où poser ses fesses sur ces planches maculées. S'emplir, se vider. Et toujours ensemble, en public, en commun. Dans l'indistinction de la merde. On ne s'appartient pas. On appartient à ce monstre collectif et machinal qui toute la journée se reforme autour de la fosse d'aisance.

Quand les écrivains feront des livres sur la captivité, c'est les cabinets qu'ils devront décrire et méditer. Rien que cela. Ça suffira. Décrire consciencieusement les cabinets et les hommes aux cabinets. Si les écrivains sont des types sérieux, ils s'en tiendront là. Parce que c'est l'essentiel, le rite majeur, le parfait symbole. Mais tels qu'on les connaît, les écrivains, ils auront peur de ne pas avoir l'air assez distingué. Pas assez viril. Pas assez décent. Ils ne parleront pas des cabinets. Ils parleront des leçons de l'épreuve, de la régénération par la souffrance. Ou bien de l'énergie spirituelle, comme ce couillon qui a envoyé une lettre à Monsieur Paul Valéry. Une drôle d'idée, d'ailleurs, qu'il a eue là. Quel secours espérer d'un vieillard sec, subtil et officiel si parfaitement étranger aux trivialités de la souffrance réelle ? Le grand homme a répondu. J'ai vu sa réponse : vingt-cinq lignes dactylographiées, et sa signature autographe. Pour nous dire qu'il était heureux de savoir que l'énergie spirituelle nous soutient. Et en effet cela a dû lui faire bien plaisir. Le rassurer, le réconforter. Parce que c'est son affaire, l'énergie spirituelle. Et quand l'énergie spirituelle va, tout va... Seulement, l'énergie spirituelle, c'est des choses qu'on met dans les livres. Ça n'existe pas. Pas moyen de les prononcer, ces deux mots, sans une grande envie de rigoler. Ici, dans les cabinets. Au milieu de ces types déculottés qui claquent de froid. Des hommes gélatineux, mous, pourris. Des limaces, des asticots. Ce qui les soutient, on ne sait pas trop ce que c'est. Sans doute cette obstination à durer, ce tenace attachement, cet accrochement des vivants à la vie qui empêche les syphilitiques, les tuberculeux et les cancéreux de se foutre à la rivière. Mais sûrement pas l'énergie spirituelle.

Curieux que, dès qu'on écrit, il nous vienne un besoin de mentir. C'est plus fort que vous. Un besoin de donner aux choses une apparence avantageuse. Et si vous y résistez, on vous trouvera immoral et subversif. Les gosses dans les écoles savent déjà cela. On les invite à décrire, mettons, une soirée en famille. Et, aussitôt, ils vous campent un grand-papa à barbe blanche, une sœur qui brode sous la lampe et un père qui lit le journal après sa journée de travail. C'est blanc, c'est rose, c'est doux, douillet, édifiant et attendrissant. Et pas un ne s'avisera de raconter les saouleries, les claques, la tambouille, la bouteille de rhum sur une chaise, la paillasse où l'on dort à six. Pas un ne dira les fois où il reste tapi dans le noir, plein de froid et de peur, assis sur une marche gluante de l'escalier, à écouter des bruits à travers la porte, et les grues qui ramènent un client lui demandent en passant ce qu'il fout là. Ils ont compris la règle du jeu, ces petits. Ils sont entrés spontanément dans la conspiration universelle contre la vérité. Dans la bonne vieille hypocrisie littéraire. Ils ont deviné tout de suite le grand secret de l'art d'écrire...

On publiera de belles choses sur l'énergie spirituelle des captifs. Et on ne dira rien des cabinets. C'est pourtant ça l'important. Cette fosse à merde et ce méli-mélo de larves. Toute l'abjection de la captivité est là, et l'Histoire, et le destin. En voilà un bouquin que j'aurais aimé écrire. Bien simplement, bien honnêtement. Un bouquin désolant, qui aurait l'odeur des cabinets et il faudrait que chacun la sentît et y reconnût l'odeur insoutenable de sa vie, l'odeur de son époque. Et que toute l'époque lui apparût comme une mélasse d'êtres sans pensée, sans squelette, grouillant dans les cabinets, comme nous, s'emplissant et se vidant avec gravité, sans fin et sans but. Et que le sens, le non-sens de l'époque fût là-dedans, visible, lisible, incontestable. Mais pour écrire ça il faudrait un gars autrement costaud que moi. Un gars d'un génie féroce, naïf et généreux. Et moi, je ne suis qu'un pauvre type qui écrit pour tuer le temps. Et il a la vie dure, le salaud.

J'ai repoussé, pour mettre mes papiers sur

un coin de table, des épluchures et des boîtes en fer-blanc. Autour de moi, c'est comme toujours. Chouvin chante sa chanson. Les joueurs de cartes jouent aux cartes. J'écris. Doux petit travail de rongeur. Je trace un mot, un autre. Occupation menue, patiente, infinie, pareille à celle des diseuses de chapelets et des vieilles qui tricotent. Je regarde les joueurs de cartes. Des visages figés, des mains prestes. Et sous leurs doigts ces rectangles colorés qui s'étalent, glissent, se mêlent, s'échangent. Cela fait une danse sans fin. Les doigts saisissent, caressent, éparpillent les images, les rattrapent, les regroupent. Je ne sais pas jouer à ça, moi. Je ne sais jouer qu'à écrire. Je vois les mots qui se forment l'un après l'autre, qui emplissent peu à peu la feuille blanche d'un pullulement d'insectes, d'un enchevêtrement d'ailes, de pattes, d'antennes. Tronc dit : Je passe. Tronc dit : Un trèfle, deux carreaux, deux cœurs. Danse des mains et danse des mots. Deux cœurs. Des cœurs qui se cherchent, des cœurs qui se frôlent, qui s'éloignent. Danse des cartes et danse des cœurs. Peignade gonfle ses joues et lâche des petits pff, pff. C'est sa manière de réfléchir. Mystère de leurs perplexités. Vignoche fouille mollement ses cheveux. Sa main est comme ces bêtes bouffies qui flottent entre les roches dans une bouillie d'algues et d'eaux. Moi, j'écris. Une marée d'insectes noirs et plats envahit lentement la page. Tronc dit : Si je joue mon valet ou ma femme, ça vous pousse à l'as et le roi tombe. Puis il rigole, et tous rigolent. Mystère de leurs rires et de leurs rites. Je trace des mots, mot à mot, mot à mot, des mots qui tirent après eux d'autres mots, des mots qui vont chercher des choses en moi, je ne savais pas qu'elles y étaient, et cela fait encore des mots et des mots. Pour tuer le temps. Comme Tronc joue aux cartes. Comme Chouvin chantonne. Comme le petit Baude, dans son coin, apprend sa grammaire allemande, fahren, fuhr, gefahren. Comme d'autres fabriquent toute la journée des machins en bois ou en aluminium. Pour émietter le temps en pratiques infimes, en petites routines, en actes nuls. Pour que notre vie s'en aille en poussière. Et quand ce sera fini, si cela finit jamais, tant de mois, tant d'heures, ça ne fera plus qu'une insaisissable poussière.

Lire aussi, c'est un assez bon moyen de tuer le temps. Il y a des types qui lisent toute la journée. Des livres qu'on se refile de l'un à l'autre, des bouquins graisseux et déchiquetés. Ça a servi à tout le monde. C'est rapiécé, rapetassé, effiloché. Plein de taches de doigts et de traits de crayon. De tristes bouquins où se sont traînés Dieu sait quels rêves obscènes. Tristes comme les rues, comme les murs. Comme tout ce qui a été frotté, usé, sali par tout le monde. Comme un corps de fille où tout le monde s'est vautré. On lit n'importe quoi. Des bouquins pour apprentis et pour femmes de ménage. Celui-là ou d'autres, qu'est-ce que ça peut faire ? On ne choisit pas plus ses livres que ses compagnons de latrines. On lit pour lire. Pour s'engourdir, se défaire et se perdre. Se vider de soi. S'abandonner au sortilège monotone des signes. À la puissance des signes qui cheminent, noir sur blanc, inépuisables foules naines parmi des plaines renaissantes, interminable petite pluie noire, battement noir des secondes dans le vide du temps.

Ce n'est pas beau à voir, des liseurs. Ça vous a de ces pauvres gueules de somnambules et de maniaques. On voudrait les secouer, les réveiller, les tirer de force de leur ravissement hagard...

Si j'étais capable de le faire, ce bouquin dur et vrai sur le monde des captifs, il y aurait donc pour le lire des gens comme ceux-là. Et ils auraient cette gueule-là, aveugle et nouée. Pimbard, cette vieille noix, le lirait. Je m'absorbe un moment dans la contemplation de Pimbard. Je contemple mon lecteur Pimbard. Il est Sous-Inspecteur à la Compagnie des Eaux. Il a de l'importance et des opinions. Il dit qu'on a l'âge de ses artères et que les bons comptes font les bons amis. Il a du goût pour les romans cochons. Il m'a confié ça avec son léger rire en dessous. Et il a ajouté : « Mais j'aime bien aussi les romans policiers. » Je me demande ce que deviendrait mon livre dans la cervelle de Pimbard. Il a une face boursouflée, pas de front, presque pas de regard – deux toutes petites flaques croupissantes. Presque pas de cerveau non plus : on imagine quelque chose de rond, de sec, d'enfoui, de perdu comme un pépin dans une pomme. Que peuvent-ils bien devenir là-dedans, les livres ? Quel drôle de petit travail ils doivent y faire.

Voilà que Pimbard m'observe de son regard marécageux. Ça l'intrigue ce que je mets sur mon papier. Il suppose peut-être que c'est un roman. Non, vieille bête, pas un roman. Ni cadavres, ni couchages. J'y mets Tronc, Vignoche et le petit Baude, sur mon papier. Et toi. Et les cabinets où tu vas avec les autres déposer deux fois par jour ta petite part d'excréments. Des romans, je saurais sans doute en écrire aussi bien qu'un autre. Tout le monde sait. C'est devenu une technique à attraper. Il y a des recettes pour ça, des trucs – le monologue intérieur et le reste. Seulement, cela ne m'intéresse pas. Ce qui m'intéresse, c'est de dire sans tricher ce malheur mou, ce malheur bête où nous pataugeons. Ces planches immondes où tu frottes tes fesses de Sous-Inspecteur. Au moins, quand on vit ce malheur-là, tout devient clair. Tout ce qu'on nous cachait. Ils nous laissaient croire aux morales, aux musées, aux frigidaires, aux droits de l'homme. Et la vérité, c'est l'homme humilié, l'homme qui ne compte pas. Fini, le temps des phrases. La vérité, c'est la faim, la servitude, la peur, la merde. Comme aux pires époques. On n'en est pas sorti, des pires époques. Elle est jolie, leur Europe. Ces types qui gueulent dans la neige, le ventre ouvert, parmi des mécaniques défoncées. Ces esclaves qu'on pousse sur les routes à coups de crosse. Et nous autres qu'on a mis à pourrir là, dans ce village de baraques haillonneux et désespéré, au centre de cette Europe de neige et de nuit.

Nous sommes trente, dans la piaule. Ça sent la graisse chaude et la fumée de pipe. C'est plein de cris et de toux. Ça alors, dit Ure, tu es de Rennes et tu ne connais pas la Tour de Nesles ? Chouvin chante des chansons. Nous sommes là trente hommes agglomérés. Trente existences nouées les unes aux autres comme un paquet de vers. Des filles superbes, dit Ure. Atout et ratatout, dit Peignade. Les mots flottent dans un brouillard de mots. Chouvin chante. Il a une tête ascétique, avec une belle barbe de sociologue, blonde et carrée. Chouvin, Ure, Peignade. Le petit Baude dans son coin, qui récite sa grammaire allemande. Pimbard qui lit des romans qui sentent la cave et le linge sale. Un petit amas de vies collées ensemble. Ça se remue, ça s'étire. Atout et ratatout, fahren, fuhr, gefahren. Pochon est furieux parce qu'il ne retrouve pas sa gamelle. Quel est le con qui m'a fauché ma gamelle ? Des hommes ensemble. Des hommes qui mangent, qui digèrent, qui rotent, qui grognent ensemble. Qui vont ensemble aux cabinets. Puisque je te dis que ce n'est pas moi, qu'est-ce que tu veux que j'en foute, de ta gamelle ? Ure continue à débiter des souvenirs de maisons closes. Chouvin chante :

La p'tite Amélie
M'avait bien promis
Trois poils de son cul pour en faire un tapis.

Et cela se chante et se rechante en moi. *La p'tite Amélie m'avait bien promis*. Tous ces mots qui tournent et bourdonnent autour de moi. Qui entrent en moi. Ces mots comme des mouches qu'on ne parvient pas à chasser. La p'tite Amélie. La p'tite Amélie. Ça colle à vous. Ça revient toujours. Saleté, va. On est sans défense contre les mots. On les remâche, on les rabâche stupidement. Les mots de Baude, les mots de Peignade. Les mots de Chouvin. La p'tite Amélie. Les bordels où Ure se déculottait. Tout ça entre en moi et y prend toute la place. Pas moyen de se préserver. Nous sommes offerts, ouverts à tout venant. On pourrait nous écrire sur le crâne : *Entrée libre*, comme à la porte de ces magasins où le premier venu a le droit de tout tripoter, à pleines pattes. Il ne faut pas se gêner. Libre, on vous dit. Et il se trouvera des gens pour prétendre que ces années de captivité furent un temps de recueillement. Ce temps où l'on est livré aux autres. Condamné aux autres. Condamné à Vignoche et à Pochon. Envahi par les autres au point de ne savoir plus ce qu'on est, ni si on est encore quelque chose. De l'homme partout. Le frôlement, le frottement continuel de l'homme contre l'homme. Les fesses des autres contre mes fesses. Les chansons des autres dans ma cervelle. L'odeur des autres dans mon odeur. C'est de cela que nous sommes captifs, plus que des sentinelles et des fils barbelés. Captifs des captifs – des autres.

J'ai longtemps tourné autour de la misère. Il y a des gens, dès qu'ils arrivent dans une ville, qui cherchent la cathédrale, ou le cimetière, ou les bordels. Question de goût. Moi, c'est vers les quartiers pauvres que j'allais. C'est ça qui m'attirait. Les façades noires, les guenilles aux fenêtres, ces créatures délabrées qui vous regardent passer... Les hôtels Renaissance, les églises du XIIIe siècle, je m'en fous. Mais j'ai passé des heures à flânocher dans Martinville. Martinville, c'est un quartier de Rouen. L'un des lieux les plus désolés que je connaisse. Pour voir de la pauvreté, il faut se balader à Martinville. De la belle pauvreté vraiment, bien authentique, bien grasse, bien pourrie d'alcool et de vérole. De la pauvreté pour connaisseurs. J'allais épier et renifler tout cela. Pas par amour du pittoresque : de tous les romantismes, c'est bien le romantisme de la crasse qui me paraît le plus indécent. Mais par une curiosité inquiète venue de l'enfance et de plus loin que l'enfance. La pauvreté, c'est une hantise et une menace pour les gens de ma race. Nous n'étions pas pauvres, nous autres. Mon père gagnait bien, comme on disait. Mais c'était là une chance précaire. Il ne fallait pas s'y fier. La pauvreté n'était pas loin. Le malheur n'est jamais loin, et nous devions nous faire petits et silencieux pour qu'il nous oubliât. Depuis ce temps, la pauvreté n'a pas cessé de m'apparaître comme une réalité toute proche, mais inconnue et incompréhensible. Ils ont leurs secrets, les pauvres. Et une façon à eux de vous regarder, vous qui ne savez pas. Un mépris à eux. On les voit du dehors. Comme les malades. Et on voudrait comprendre comment c'est pour eux qui sont dedans.

Comment ils s'arrangent là-dedans, à l'intérieur de leur pauvreté. Comprendre ce qu'est la pauvreté quand on la voit et qu'on la vit du dedans.

Mais à présent, ça y est, je suis dedans. Je suis un pauvre. Tout ce que je possède, c'est un peu de linge déchiré, une cuiller, un couteau. Et ce quart en aluminium sur lequel un premier possesseur a gravé deux fleurs et le prénom d'une femme. Ça tient dans une musette de soldat. Je porte la défroque des pauvres. Je fais les gestes des pauvres. Je ramasse les bouts de ficelle et les vieilles boîtes, parce que tout peut toujours servir. Chaque jour je prends ma place dans une longue file d'hommes qui attendent leur pitance. Chacun son tour. À mon tour, je tends ma gamelle. On y verse un peu de raves, d'orge ou de choux. Au tour d'un autre. Je vais m'asseoir sur mon lit. Humblement, en pauvre, je mange ma soupe de pauvre. Et mon lit, c'est trois planches avec une paillasse maigre et une couverture sale. Et la nuit, c'est plein de punaises.

On s'habitue à ces choses. La pauvreté, ce n'est pas la privation. La pauvreté, c'est de n'être jamais seul. Je m'en rends compte maintenant que je suis de l'autre côté. Le pauvre n'a pas droit à la solitude. Il naît à la maternité, avec les autres. Il crève avec les autres, à l'hôpital. Entre la crèche et l'hospice il y a les garderies et les asiles, les taudis et les casernes. Sa vie, de bout en bout, il lui faut la vivre en commun. On joue dans le sable public des squares et sur le trottoir de tout le monde. On couche à dix dans la même pièce. On se heurte dans les escaliers et les couloirs. Et c'est plein de murs, d'escaliers et de couloirs, la pauvreté. Les portes ferment mal. Les murs ne séparent pas. N'importe qui peut entrer chez les autres pour emprunter cent sous, pour rapporter une casserole, ou simplement pour s'asseoir les mains aux genoux et raconter sa peine. Et on ne sait même pas où cela commence et où cela finit, « chez les autres ».

Telle est notre condition désormais. Nous nous cognons aux autres comme aux parois d'un cachot. Aux sales autres. Toujours là avec leurs chansons et leurs grammaires allemandes. Vignoche, Faucheret, Pimbard. Atout et ratatout. Plus rien à soi. Fahren, fuhr, gefahren. On voudrait penser, rêver. Mais les autres viennent crever vos rêves.

Avec leurs mots, leurs chansons, leurs colères. Rien à faire. On ne rêvera plus. Il n'y a qu'à s'abandonner aux autres, à faire comme eux, avec eux. S'emplir, se vider. Parler, écouter. Écouter Pimbard qui dit : Des goûts et des couleurs on ne peut pas discuter. Écouter Beuret qui dit : Il faut donner un sens à la vie. C'est un type plein de lectures, Beuret. Plein de grands noms. Un type qui a un long nez tuméfié et des lunettes. Il cite Nietzsche, Pascal, Kant, Gide. On croirait des stations de métro. Pochon jure le tonnerre de Dieu. Il commence à nous emmerder celui-là avec sa gamelle. Pascal, Gide, la p'tite Amélie. Quand Beuret s'y met, on en a pour un bout de temps. Le sens de la vie. Les goûts et les couleurs. Nietzsche, Pascal. Un monotone voyage souterrain. Une rumeur absurde rompue de lueurs. Cela ne mène nulle part et c'est toujours la même chose. Fahren, fuhr, gefahren. Il emplit toute la chambre, Beuret, de son monologue véhément. Il se multiplie. Dans la chambre, ça pullule de Beuret. Tous pareils, avec des longs nez et des lunettes. Et l'autre avec ses goûts et ses couleurs. Pour sûr qu'il ne faut pas discuter. Des goûts, des dégoûts. On aime ou l'on n'aime pas. On vit goutte à goutte. On marche pas à pas. On est là pour ça pour marcher pas pour discuter les goûts, les couleurs, les coulures, l'écroulement, tout a le même goût ou pas de goût du tout, la même couleur, il n'y a qu'à laisser couler il ne faut pas discuter...

Beuret a une belle âme. Il croit au sens de la vie et à des choses comme ça. Il est maître d'école dans le Jura. Sa femme l'a plaqué pour un voyageur de commerce. Le sens de sa vie, c'est d'être instituteur et cocu. Il me fait penser, avec ses lunettes et son nez éploré, au Salavin de Duhamel. Encore une belle âme, Duhamel. Comme ce serait touchant, la captivité vue par lui. Un bloc d'amitié et de douceur. Tout le monde y serait ivre de bonne volonté, on y nagerait dans la bienfaisante chaleur humaine. Autrefois, j'ai été dupe de cette rhétorique niaise. Mais je suis guéri. Je ne peux plus souffrir les belles âmes. Je ne peux plus souffrir les autres. Ni Beuret, ni Pochon, ni Vignoche. Vignoche surtout, qui me parle tout le temps de son oncle qui est notaire. Qu'est-ce qu'il veut que ça me foute que son oncle soit notaire ? Vignoche a l'air d'une dame patronnesse. Il renifle constamment, humph, humph. C'est répugnant. Je ne peux pas le souffrir. Personne ne peut souffrir personne. On a parfois l'air de s'entendre. On rigole des mêmes obscénités. On se montre des photos de gosses. On joue aux cartes. Mais il circule là-dessous une haine patiente, attentive, subtile, méticuleuse. Une âcre méchanceté de bureaucrate ou de vieille dame. De jour en jour on aiguise, on recuit, on perfectionne ses griefs et ses répulsions. C'est forcé. C'est à cause de cette misère à odeur de latrines où l'on est barattés tous ensemble, crève-la-faim et crève-l'ennui. On en veut aux autres d'être toujours là. On leur en veut des gueules qu'ils ont, de leurs voix, de leurs goûts et de leurs dégoûts, de la place qu'ils tiennent, de dire ce qu'ils disent, de chanter ce qu'ils chantent, de Nietzsche, de la p'tite Amélie, de renifler, de roter, d'exister. On leur en veut de cette existence immuable, inévitable, où se déchire notre existence. Et à tout moment les antipathies crèvent en disputes extravagantes. On ne sait même pas pourquoi. Pour un tabouret, pour une gamelle, pour un peu de tabac ou une rondelle de saucisson. Avec le saucisson, ça ne rate jamais. Nous en touchons une ou deux fois la semaine. C'est un objet rougeâtre et verni, une espèce d'énorme phallus. À l'intérieur, c'est grenu et couleur de merde. Quand on le distribue, il y a toujours quelqu'un qui trouve qu'il n'a pas eu sa part, qui commence à rouspéter. Non, mais regarde un peu ça. Et aussitôt tous les autres s'en mêlent. Ure, Peignade, Tronc, le cocu, la dame patronnesse. Fais voir un peu la tienne, non mais fais voir ! Tu veux qu'on compare ? C'est peut-être moi qui le bouffe, ton saucisson, il y a des salauds qui savent se démerder, moi c'est toujours les mêmes qui sont les cons, ta gueule, c'est pour moi que tu dis ça et puis si tu n'es pas content et après tout est-ce que ça te regarde, ta gueule, je te dis...

Ces gens-là étaient des Gens Bien. De la solide bourgeoisie, rentée, décorée, diplômée. Des Inspecteurs et des Sous-Inspecteurs, des Directeurs et des Sous-Directeurs. Ils avaient du poids, du ventre, des principes. Des belles manières, des propos choisis. Cette noble assurance des gens à l'aise, à l'aise dans leurs habits, dans leur peau, dans leur vie. Ure occupait ce qui s'appelle une grosse situation dans l'alimentation. Peignade est quelque chose à la Cour des Comptes. Faucheret est agrégé de l'Université. Tronc est magistrat. À présent, Tronc ramasse les mégots sur le plancher de la baraque. Il a un coup d'œil infaillible pour les découvrir et une merveilleuse promptitude à s'en emparer. Peignade, Faucheret et les autres vont fouiller les détritus des cuisines. En grattant bien, on arrive à tirer des épluchures des choses bonnes à manger qu'on cuit ensuite dans une vieille boîte, avec de l'eau et cette graisse qui sent le caoutchouc. Quand on est pauvre, il ne faut pas être difficile. L'orgueil, la dignité, c'est un luxe de gens heureux. Nous, on est des pauvres, et moins que des pauvres. Des espèces de clochards. Des types pareils à ces chômeurs qui rôdent le long des boutiques, dans les villes, sans goût à rien, résignés, abjects – ces hommes bien désagrégés, bien finis, qui s'en vont les mains dans les poches, vers là ou vers ailleurs ; ils suçotent leur bout de cigarette et ils n'en demandent pas davantage. Nous sommes ces hommes sans fierté. À partir d'un certain degré de dénuement, on renonce à s'y reconnaître dans le bien et le mal. Défendu, permis, cela ne signifie plus rien. Mots d'une autre langue et d'un autre monde. À la lumière de la misère tout change d'aspect. On voit les choses autrement.

Tronc, quand il était magistrat, il devait se dire constamment qu'il était magistrat. Ça lui donnait un beau visage serré de magistrat, une belle démarche mesurée, une belle moralité de magistrat. Même aux cabinets, il devait chier en magistrat, lentement, cérémonieusement. Mais, maintenant, il n'est plus rien qu'un sac à merde comme les autres qui va se vider avec les autres. Alors il peut bien ramasser les mégots et fouiller les poubelles. Il s'en fout. C'est sans importance. Rien ne compte plus pour un homme qui ne compte pas.

Il n'y a qu'à se laisser aller. Ce n'est pas tellement désagréable. Ça procure une impression confuse de délivrance. Quelque chose en nous s'est résorbé, une exigence a cédé, une dureté fondu. Nous voilà débarrassés de tout ce qui nous maintenait et nous contraignait. À présent que nous avons touché la limite inférieure de nous-mêmes, l'existence a pris une fluidité singulière. Inutile de se défendre. On trouve une espèce de douceur dans cette destruction de soi. Il n'est que de s'abandonner, de se résigner à l'avilissement et au pourrissement.

Beuret replie tendrement sa chemise rapiécée. Il essuie ses lunettes, et on lit sur sa face à long nez résigné toute la douceur de sa belle âme pelucheuse. Faucheret qui a commencé à se dévêtir, se gratte les cuisses. Chouvin chante :

Les poils sont tombés,
L'tapis est foutu,
La p'tite Amélie n'a plus de poil au cul.

Pochon crie : Fermez la porte, bon dieu, on gèle... Je déroule ma paillasse pour la nuit, je la pétris et la gonfle à coups de poing. Puis je déroule ma couverture, et j'ajoute des journaux parce qu'on prétend que cela tient chaud. Ferme la porte, crie Pochon. Ferme ta gueule, crie Ure. Je m'introduis dans mon lit, je me recroqueville, je creuse mon trou, je ne bouge plus. À force d'immobilité on parvient à rassembler un peu de chaleur. Mais il faut se méfier : le froid est rusé. Dès qu'on remue un peu, il se coule en douce le long de vous, il vous lèche à l'épaule, au genou, vous mordille, et après on ne peut plus s'en débarrasser.

Un sale coup, c'est de se réveiller au milieu de la nuit avec l'envie d'aller aux cabinets. Après ça, plus moyen de se réchauffer, on en a pour jusqu'au matin. On avait pris ses précautions pourtant. On s'était vidé la vessie et les tripes, on s'était pressé le ventre comme un citron, jusqu'à la dernière goutte. Ça n'a servi à rien. On se réveille : ça y est. Le besoin est là qui vous grattouille les boyaux. On se dit que ça passera. On simule le sommeil ; mais ça ne prend pas. Alors on se met à écouter la nuit. Mais ça ne fait pas oublier ce trifouillement de plus en plus précis au fond des boyaux. Le vent court autour des baraques et secoue durement les barbelés. Sur le chemin de ronde sonne le pas machinal des sentinelles. Mes compagnons ne sont plus qu'une bête anonyme et informe qui se retourne, se plaint et peine – occupée de quelles tâches, de quels combats ? Pauvre nuit des hommes. Grande nuit des plaines et des forêts. Je guette le vent qui se forme au fond du monde et assemble ses tumultes de fer et de toile. Le bruit énorme s'avance, avec des défaillances, des chutes, des reprises. Parfois il s'écrase d'un coup sur les baraques gémissantes. Parfois il meurt quelque part sur des villages et des bois de pins. Et le besoin est toujours là, et on sait bien qu'on ne pourra pas tenir jusqu'à l'aube. C'est cela qu'il faudrait, pourtant. Se bloquer, se boucher, tenir. Sauver cette petite chaleur qu'on a amassée, où l'on est bien. Tout le camp tremble sous la marée sauvage des vents. Plutôt crever que de pénétrer dans cette impitoyable réalité de vents et de neige. Je dis ça, et je sais bien que je vais céder. J'ai mal, j'ai mal. Je m'obstine encore un peu. Je ne perds rien de cette vie gargouillante et grondante dans mon corps. C'est dégoûtant. On imagine des fermentations, des remuements de sucs, d'humeurs, une affreuse chimie au fond d'organes gras, glacés de vert et de bleu comme dans les planches de *La Médecine pour tous*. Un amas gluant de glandes et de tripes. Et ça travaille, tout ça. Ça pousse, ça force, dans la sourde nuit viscérale. Je résisterai encore cinq minutes, deux minutes, pas plus. Au-dessus de moi, au-dessous de moi, autour, il y a d'autres corps, bafouillants et gargouillants eux aussi. Piteux murmures des corps acharnés au dur travail de vivre... Il faut quand même se décider. Je vais me soulever un peu, et je sais qu'aussitôt tout le froid bondira sur moi. Il attend, il n'est pas pressé. Il gagne à tout coup. J'enfilerai en vitesse ma culotte et ma capote et je courrai dans la neige. Mais le froid va toujours plus vite. Je courrai vers cette sale baraque noire, debout, au milieu du champ de neige, sous le clair de lune, dans l'indifférence du monde...

J'en ai assez de raconter ces trous à merde où l'on s'accroupit en grelottant. Ça ne m'amuse pas. Moi aussi j'aime bien les analyses subtiles et les angoisses distinguées. J'aime bien la poésie. J'en ai rempli des cahiers, de poésie. Mais c'était dans un autre monde. Tout s'est simplifié depuis. Y a pas de pain chez nous, pas de pain et pas de chansons, y en a chez la voisine, mais ça n'est pas pour nous. Ça n'est pas pour nous les tourments de l'exil et les tristesses décoratives. Nous n'y avons pas droit. Il n'y a plus pour nous que ces débats dérisoires avec notre corps. La vie du corps envahit toute la vie. C'est ainsi. Toute la vie ou presque. À peine s'il reste encore quelques vieux souvenirs effilochés. Et ils finiront bien par s'user tout à fait eux aussi, et il ne restera rien que le corps, ses démangeaisons, ses coliques, ses constipations, ses hémorroïdes, ses poux et ses punaises, ce qu'on met dedans, ce qui en sort, ce qui l'attaque, ce qui le ronge, ce qui le détruit. Nous n'aurons même plus de passé. Il se décolore de jour en jour, notre passé, il se râpe et se troue. Il faut défendre ses souvenirs comme sa veste ou sa chemise, et quand même ils se dégradent et se défont. Cela semblait solide pourtant, et bien à nous. On croit qu'on emporte ses souvenirs avec soi, qu'ils battent en nous comme notre cœur, comme notre vie. Ce n'est pas vrai. Dans cet univers abstrait de la captivité où tout ce qui avait été marqué par nous, tout ce qui portait nos traces, nous est enlevé à la fois, notre passé nous devient étranger, nous quitte, s'en va en lambeaux. Certains aiment autant qu'il en soit ainsi. Que tout foute le camp, le passé, le regret, l'espoir. On sera bien débarrassés. Et d'autres s'entêtent à soutenir leur passé comme un noyé au-dessus de l'eau. Au moins, ne pas renoncer à défendre ça. À défendre l'image d'un écolier en pèlerine, le dessin d'une nappe, un visage, le pli d'un sourire, le poids exact d'un regard. À défendre l'odeur d'une chevelure ou d'une robe, l'odeur d'un corps dans le sommeil ou dans l'amour...

Quelquefois, un type se met à ronfler. Un autre ronflement répond. On suit avec une attention exaspérée cet absurde dialogue. Ça semble près de finir, on se croit délivré, et ça repart de plus belle. Alors des protestations naissent. Et les cris réveillent les dormeurs qui crient à leur tour. La nuit même ne nous protège pas des autres. Il n'est pas de refuge. Si seulement on pouvait compter sur du bon sommeil bien lourd, bien massif comme une soupe paysanne. Mais il y a toujours des portes qui claquent, des voix, des pas. On remue. On émerge d'une déroute de villes, de visages. On se retourne prudemment. On retrouve sa courbature, son froid, sa crampe. Des phrases sans contour roulent dans la tête, bouts de chansons, mots perdus, sauvés, perdus. Sûrement il y a quelque chose qui m'échappe. Quelque chose de très important. Je me retourne. J'ai l'estomac aigre et brûlant. Ça vient de la saleté de graisse qu'ils nous donnent à bouffer. Et puis trop de conserves. Manque de vitamines. Quoique tout ce qu'on raconte sur les vitamines... Je me retourne. Ma main rôde sur mon corps. Tâte ma cuisse, mon ventre, frôle mon sexe. Comme sa main à elle autrefois. Dans nos nuits. Chaleur le long de moi de ses jambes longues. Poids énorme de sa tête contre moi. Ne pas penser à ça, bon dieu. On entendait, dans une cour, le rideau de fer d'un garage qu'on fermait. Le rire idiot d'un homme à travers les étages. Ne pas penser à ça. Ne pas penser. Ne pas bouger. Surtout ne pas bouger, pour rejoindre le pays sans mémoire, sans questions. Pour mériter la paix minérale du sommeil.

Le matin vient. Une lumière épaisse et rechignée tâtonne parmi les formes confuses. Elle tire du noir, lentement, des espèces de décombres. Cela devient des linges pendus, des escabeaux renversés, des planches. Cela devient des hommes couchés. Cela devient les gens d'ici.

Ce que je vois d'abord, quand je m'éveille, c'est, pendus au-dessus de mon lit, mon caleçon et mes souliers. Les souliers sont boursouflés et béants. Le caleçon, long et bleu, allusion flasque à la forme humaine, évoque de vieux vaudevilles et des histoires de cocus. Ce caleçon, ces godasses. Ces grimaçantes images de la misère...

Et voilà que commence un jour. Mardi ou mercredi. Ou jeudi. Qu'est-ce que ça peut encore signifier : un jour qui commence ? Un jour comme tous les jours, dans cette suite de jours, dans cette fuite de jours, de jours indiscernables, jour après jour, jour après jour... Le temps ici est une matière vaine, une continuité abstraite, où il n'est pas possible d'inscrire une figure, de sculpter un acte. On est pris dans je ne sais quelle substance glissante, fondante, fleuve de brume ou de boue où passent des morts sans visage.

La chambre s'emplit d'une clarté visqueuse. Déjà mes compagnons y font leur remuement de larves. Ure a entrepris de balayer le plancher. Il pousse son balai en grognant, parce que plus on en enlève, plus y en a. Une, deux, une, deux. C'est Beuret et son quart d'heure d'éducation physique. Il croit à la gymnastique de chambre comme au sens de la vie. Faucheret, assis sur sa paillasse, bâille, ouahah, puis se gratte avec des gestes de somnambule. Une, deux, une, deux, Beuret se penche, se redresse, étend les bras, les referme. Un insecte. Un hideux insecte avec un nez rouge et des lunettes. Fermez la porte, crie Pochon. Une, deux, une, deux. Le nez de Beuret monte, descend, monte, descend. Autour de la table des types mâchent soigneusement un pain spongieux. Une, deux, une, deux. Le torse nu de Beuret est blanc, humide et comme végétal. On voit ses vertèbres rouler sous la peau, une, deux, une, deux. Le petit Baude ouvre sa grammaire allemande. Chouvin secoue sa barbe de roman russe. Il va se mettre à chanter *La P'tite Amélie*. Rien n'a bougé. Tout est intact. La cargaison est au complet... En route vers quel destin ? Nous avons été condamnés à une interminable traversée immobile, à un voyage dans la durée sans bout, dans la durée qui est comme la mer, toujours la même et toujours autre, stérile et nue comme la mer.

C'est l'heure où à Saint-Antoine-sur-l'Isle, à La Ferté-Macé, à Villedieu-les-Poêles, les gens regardent le ciel et disent que ça pourrait bien se gâter sur les midi. Des vieilles dames sortent de l'église, porteuses de longs parapluies noirs et de chapeaux à brides garnis de perles en jais. On honore gravement, au fond des cuisines, le vin rouge et la miche de pain. Deux messieurs barbichus traversent la place de la mairie. Ils se font des politesses devant l'urinoir en tôle, après vous, je n'en ferai rien, je vous en prie. Le facteur, appuyé sur son vélo, plaisante avec la grande fille qui a été bonne dans un café, à Paris. Une demi-douzaine de gosses se bousculent autour de la pompe de l'école. L'instituteur dessine au tableau noir la Garonne avec ses affluents, la Save, le Gers et la Baïse. Il pense à des petites villes aux noms doux, à Auch, à Mirande. Il pense à la demoiselle des Postes qui justement est de par là, et qu'il a croisée hier dans la rue des Trois-Mulets. Elle portait une robe rouge, pas rouge exactement, brique plutôt, ou tango, les femmes ont des mots pour tout ça, on ne sait pas où elles vont les chercher. Il y a des hôtels où l'on sonne pour le café au lait. Il y a des femmes nues, mal éveillées, dans le désordre des chambres. Il y a les trains, il y a cette jeune fille qui efface du doigt la buée de la vitre et qui dit : « On doit approcher d'Aurillac. » Elle passe encore la main sur la vitre. Elle voit une barrière, une maison, un chemin, un cycliste...

Je sais bien qu'ils existent, ces gens-là. Ces gens d'Aurillac ou de Villedieu-les-Poêles pour qui les matins sont chargés de promesses. Chaque matin, ils se reprennent à croire que c'est pour cette fois, et qu'ils vont déboucher sur du neuf et de l'imprévu. Je sais qu'ils existent, mais abstraitement. J'ai beau me les décrire et me les détailler, je ne parviens plus à sentir leur réalité. Ils ne sont pas sur le même plan, dans le même registre d'existence que Pochon ou Peignade. Leur bonheur n'est plus pour moi qu'une histoire lue dans un livre. Une fois qu'on est passé du mauvais côté des choses, tout le reste devient inconsistant. On peut en parler sans amertume, sans envie. C'est hors de l'expérience. Nous n'ignorons pas, nous autres, que le jour qui commence n'ouvre aucun avenir, qu'on n'en peut rien attendre, qu'il sera pareil aux autres. Cela change tout. Nous sommes dans l'univers du sans espoir. Pas de contact, d'échange possible avec l'univers de l'espoir. Dans l'univers de l'espoir le bonheur, la beauté, s'appliquent à vous, collent à vous de tout leur poids. Mais quand on est de l'autre côté, on ne voit plus rien comme avant. C'est difficile à expliquer. Il s'est produit un recul, un décollement, un décalage, une désolante décoloration de tout. Je regarde ce pays de bois noirs, de grande plaine et de grand vent, ce ciel de cendre et de plâtre : ça ne me touche plus. C'est de l'autre côté. Du côté de l'espoir. Ça ne me concerne pas. C'est sans doute ainsi que le monde s'altère et se vide sous le regard des vieux. Ce doit être ainsi qu'on pénètre dans l'indifférence de la mort.

Et même Pochon ou Peignade, je ne suis pas tellement sûr qu'ils existent. Et eux-mêmes n'en sont pas sûrs. Ils n'ont plus, pour s'y raccrocher, ces repères qui les confirmaient dans la conscience d'être eux-mêmes. Les Allemands nous ont retiré nos pièces d'identité. Ces cartes, couvertes de signatures et de cachets, c'était la preuve officielle de notre existence. Avec ça dans un portefeuille, on est tranquille. On a sa place bien à soi. À présent nous portons des numéros. Je suis le numéro 995. Pochon est le 996. Baude le 997. Pas de raison pour que j'aie ce numéro-là plutôt qu'un autre. Je ne suis pas plus moi qu'un autre. Tous pareils, des hommes sans papiers, sans place, sans poids. Avant, nous pesions un peu sur le monde. Nous déplacions un petit sillage de considération et de coups de chapeau. Nous avions des clients, des élèves, des ouvriers, des femmes, des gens qui dépendaient de nous, que nous pouvions faire souffrir, à qui nous pouvions flanquer deux heures de retenue ou deux mois de prison. C'est cela qui vous procure la certitude d'exister. Tronc vérifiait son existence dans les yeux clignotants, dans la voix étranglée ou insolente du prévenu debout entre deux gendarmes. Et Ure, quand Roro, sa maîtresse, pleurait parce qu'il parlait de la plaquer, Ure se sentait pleinement Ure,

Monsieur Ure, une présence massive et redoutable. Il est maintenant le numéro 1221. Pimbard est le numéro 1222. Il n'est plus Sous-Inspecteur à la Compagnie des Eaux. Autrefois, il participait de la puissante réalité de la Compagnie des Eaux. On ne pouvait pas douter de la Compagnie des Eaux. On ne pouvait pas douter de Pimbard. Il avait sa photographie suspendue dans sa salle à manger. Cela aussi est un témoignage irrécusable. Il regardait sa photo. Il voyait sa vie, dense et distincte. Je suis là, je suis Pimbard. On raconte aux repas de famille mon accident d'auto, ma dispute avec le type de l'ascenseur. J'existe. Il y avait dans la matière sociale une empreinte qui avait la forme de Pimbard. Mais on nous a arrachés aux familles, aux métiers, à tout ce qui nous dessinait et nous affirmait du dehors. On nous a mêlés et délayés ensemble. On nous a attribué cette désignation arbitraire : le numéro 998, le numéro 1222. Un numéro sur un sac de tripes, voilà tout ce qui nous reste de réalité. Et un peu de souvenirs qui s'effacent. Cela fait encore une vie, si l'on veut, mais douteuse et flottante, sans résistance et sans épaisseur.

Nos gardiens non plus ne paraissent pas

convaincus de notre existence. Ils nous comptent deux ou trois fois par jour. Une drôle de cérémonie. On s'amène, broussailleux et guenilleux, empaquetés de vieux lainages, la gueule amère et les jambes veules. On se met les uns à côté des autres. Fünf, fünf, crient les sentinelles en montrant leurs doigts écartés. On compose sans se presser des espèces de rangs et de files. Ça va tout de traviole. Ceux qui sont derrière poussent ceux qui sont devant et tout le monde saute d'un pied sur l'autre pour se réchauffer. Le Lager Offizier commence à compter. C'est un gros homme qui a maigri. Il a de la peau en trop, et ça pendouille de partout en plis, en poches et en bajoues. Il fixe sur nous de gros yeux globuleux. Mais il ne nous voit pas. On ne voit pas des numéros, on les pense. Il ne nous perçoit pas comme une présence concrète, il nous pense comme une addition, comme une multiplication. Sept, huit, neuf, dix, dix fois cinq font cinquante, et cinquante qui font cent, et trente-sept cent trente-sept. Il se trompe. Il trouve trop ou pas assez. Il recommence. Fünf, fünf, crient les sentinelles. Le Lager Offizier, à la fin, se livre à une fureur rauque dont toutes ses bajoues et ses poches tremblotent. Mais ce n'est pas une fureur d'homme contre des hommes. C'est une colère de comptable contre les chiffres. Ces files noires sur la plaine de neige, pour lui c'est une opération sur du papier. L'opération est fausse, il la recommence. Nous autres nous attendons, la peau vernie de froid, le dos rond. Merde, dit Peignade, on en aura pour trois quarts d'heure. Il veut nous faire crever, la vache, dit Pochon. Pochon dit ça, mais il n'en croit rien. S'il crevait, il le sait bien, cela ne ferait qu'un chiffre en moins dans l'opération. Le Lager Offizier n'éprouve pas de haine pour nous, ni de mépris. Nous ne sommes pas des adversaires, des êtres dont les projets, dont les souffrances importent. Rien que des chiffres. Pas des types qui ont froid et dont il pense que c'est tant mieux qu'ils aient froid ces salauds-là et qu'ils crèvent jusqu'au dernier. Non, même pas ça, rien qu'une opération mal fichue, une saleté d'opération qu'il faut recommencer dix fois. Et quand c'est fini, il est simplement content que ce soit fini. Content que l'opération tombe juste. Le chef de blok commande : garde à vous. Nous produisons machinalement un vague bruit de sabots entrechoqués. Le Lager Offizier s'en va à grandes enjambées sur ses belles bottes bien cirées. Il retourne parmi les hommes. Il va se saouler avec l'officier de l'Abwehr.

Et nous autres, l'appel terminé, nous nous mettons à tourner autour du camp. Baraques, barbelés, les cabinets au centre. Quatre cent vingt pas : j'ai compté. Quatre cent vingt pas et l'on recommence. Les mêmes pas, toujours, le long des mêmes baraques et des mêmes barbelés, les mêmes pas qui ne mènent à rien, qu'à d'autres pas qui se recommencent, qui se recouvrent sans fin, sur ce chemin sans terme, dans ce pays hors de tout où l'on nous a mis à tourner en rond. Nous sommes là quelques centaines de marcheurs en rond. Presque tous ont pris, ont repris une apparence de paysans. Bonnets, cache-nez, sabots, ces façons affaissées et traînardes, ces pipes mâchonnées au fond des barbes. Sans bien le savoir, nous retrouvons, nous rejoignons l'aspect, la pesanteur, l'humilité de nos pères, de nos grands-pères, des grands-pères de nos grands-pères, hommes de labeur et de pauvreté, gens de la terre, culs-terreux, pauvres bougres qui ont fait tant de pas eux aussi, qui ont tant tiré leurs sabots, qui ont tant cheminé sur leurs chemins de terre, tant peiné sur leurs chemins de peine... Nous marchons par petits groupes, par deux, par trois ; ou seuls. Cela fait un pauvre clapotis de boue et de voix. Nous sommes comme ça quelques centaines d'hommes à perdre nos pas, à perdre nos mots, à perdre nos vies.

À peine si je regarde mes compagnons. À quoi bon ? Il y a tant de jours déjà que nous nous rencontrons sur ce carré de neige et de boue. Tant de jours que nous sommes comme des pions secoués dans une boîte. La même boîte et les mêmes pions. Autrefois, j'allais par les rues et chacun de mes pas faisait jaillir des visages nouveaux. J'étais joyeux. Je ne savais même pas pourquoi j'étais joyeux. C'était à cause de cette multiplication sans fin des visages, et parce que chaque visage était un monde de possibilités et de promesses, une profusion de hasards, de chocs, de chances... Maintenant je n'ai plus de curiosité. Autrefois, j'étais attentif aux hommes. J'essayais de surprendre les phrases qu'échangent les passants. Ces lambeaux de confidences et d'aveux qui s'éparpillent dans les foules me laissaient pénétrer en fraude dans des destins étranges. Mais ici, je n'éprouve plus le désir d'écouter les paroles des autres. Je n'en attends rien. Je sais qu'elles ne débouchent sur aucun secret d'ombre ou de flamme. Elles ne font pressentir que des pistes monotones et infiniment piétinées.

Des mots m'atteignent parfois, et ce sont toujours les mêmes mots :

– Un soir, figure-toi, je l'ai ramenée en bagnole...

C'est Ure qui passe dans un groupe. Ure qui réchauffe comme il peut quelques souvenirs de lits et de bidets. Et tout le monde ici les connaît, ses souvenirs.

– Mettez deux cent mille. Pour amortir ça en un an...

Propos entendus bien des fois. Des bribes de ce ronronnement continu, interminable, qui circule parmi les hommes captifs.

– On vit, on vit... Il faut tout de même savoir pourquoi on vit, hein ?

C'est Beuret. Son long nez a un éclat sauvage. Et un peu plus loin ce sera Peignade. Plus loin Faucheret qui parle de ses hémorroïdes. Plus loin Vignoche qui évoque en reniflant, humph, humph, son oncle le notaire. Quatre cent vingt pas, et à nouveau Ure : « Pour être bien roulée, ça, on peut dire qu'elle était rudement bien roulée... » À nouveau Beuret : « Alors quoi ? tant de travail pour rien ? » À nouveau Peignade, Faucheret, Vignoche. Les hémorroïdes, le sens de la vie, les familles. Quatre cent vingt pas. « Mon vieux, elle avait des jambes superbes... » Lits, jambes et fesses. Chiffre d'affaires et sens de la vie. Hémorroïdes et carrières bourgeoises. Les phrases se remettent dans les phrases de la veille. Les pensées retombent dans les pensées de toujours. On patouille, selon le même itinéraire réduit, dans les mêmes vieux soucis, les mêmes vieux calculs, les mêmes vieux regrets, sans avancer, sans en sortir. On tourne en rond.

Faire semblant

La folie, ça doit ressembler à ça. Ça doit être quand on ne peut plus s'évader d'un cercle de mots et de gestes, qu'on s'est laissé boucler là-dedans. Une activité vaine, gratuite, refermée sur elle-même, prisonnière d'elle-même. On recommence ses mots, ses gestes, et ça ne sert à rien, ça ne remue rien. Nous ne sommes pas loin de cette effrayante aventure. Il suffit d'un faux pas pour y glisser. C'est arrivé déjà à plus d'un. C'est ce qui est arrivé à Percheval, le type de la baraque XV, un type qui avait l'air d'aplomb, pourtant, bien accroché. On disait de lui que c'était un garçon d'avenir parce qu'il sortait de Polytechnique. Les Allemands l'ont envoyé dans un asile, et l'avenir de Percheval, il vaut mieux ne plus trop y penser. Dans les débuts, nous ne nous sommes même pas rendu compte qu'il était fou. Il allait et venait sans cesse dans la chambre. Son va-et-vient finissait par embêter les autres : « Tu ne pourrais pas rester un moment tranquille, non ? » Il vous regardait avec étonnement. Bien sûr, il n'y avait pas de raison pour qu'il marchât ainsi. Ni d'ailleurs pour qu'il s'arrêtât ; mais puisque les autres lui demandaient de s'arrêter, lui voulait bien. Il voulait tout ce qu'on voulait. C'était cela sa folie. Il n'avait plus de volonté à lui. Les freins étaient cassés. Une fois qu'un acte était lâché, il le laissait aller. Il se lavait, il se rasait indéfiniment. Il fallait lui dire : « Ça suffit, vieux, laisse ça. » Alors, il posait sa serviette ou son rasoir. Il n'était pas contrariant. Pour tout la même chose. Habille-toi, mange, ne mange plus, mets-toi là. Il s'habillait, il mangeait, il se mettait là. Aux cabinets, il s'asseyait et ne bougeait plus. Il serait resté comme ça toute la journée, bien sagement, si on ne lui avait pas dit de foutre le camp. Il se redressait, étonné, docile, et il commençait à se torcher. Et on devait encore l'arrêter : il se frottait les fesses placidement, passivement, jusqu'à ce que les copains le poussent dehors.

Il y en avait qui trouvaient ça comique : « Il est marrant ce type-là. » Mais la plupart en avaient peur. Parce que ce qui arrivait à Percheval, ça pouvait aussi bien leur arriver. Percheval était allé un peu plus loin qu'eux, voilà tout. Un peu plus loin dans le machinal, l'identique et l'inutile. C'était un homme qui avait compris que tout revient toujours au même, et qu'on a beau avancer on en est toujours au même point. Et qu'il n'y a pas de raison d'être là plutôt qu'ailleurs, et de faire ça plutôt qu'autre chose.

On nous expliquait la folie par l'hérédité, les lésions cérébrales, des tas de notions rassurantes. Elle portait des noms bizarres dans des livres que personne ne lit. C'était une chose noire, inconcevable, qui ne nous concernait pas. Mais la folie est là à côté de nous. On a vu Percheval et d'autres. Alors on ne sait plus. On ne se sent plus protégé. La folie, c'est peut-être de répéter toute la journée des conjugaisons allemandes. C'est peut-être de chanter inlassablement *La P'tite Amélie*. D'être ce que nous sommes et de faire ce que nous faisons. Elle est peut-être commencée depuis longtemps, la folie, pour nous et pour tout le monde. Quand on y regarde de près on se demande si, avant, c'était tellement différent. Ce que nous appelions notre liberté, ça consistait déjà à marcher en rond les uns derrière les autres. À mâchouiller les mêmes lieux communs. À exécuter un invariable va-et-vient entre des certitudes infranchissables. Elles n'étaient même pas à nous, ces certitudes. Ça venait des familles, des journaux. C'était comme cet air qu'on respire, et où il y a de tout, la fumée de toutes les pipes, les bacilles de tous les poumons, l'usure de toutes les pierres, l'odeur de toutes les peaux. Voilà longtemps que ça dure, la captivité. Notre vie est à présent étalée devant nous comme un vêtement qu'on a retiré et jeté là. Ce que ça peut être triste et moisi. La liberté, pour Tronc, c'était d'être substitut à Douai en attendant d'être nommé à Orléans. Pour Ure, c'était de se déculotter dans la chambre de Roro, qui était vendeuse aux Galeries, et avant Roro il y avait eu Cricri, et avant Cricri Marilou. On gagnait plus ou moins d'argent. On avait ses petites habitudes, ses plaisanteries inamovibles, ses amitiés interchangeables. D'année en année on devenait un peu plus gras, un peu plus chauve, un peu plus nul. Pimbard allait tous les dimanches faire du camping avec une épouse à cheveux jaunes et deux maigres filles rechignées. Peignade assistait à des matches de football. Le soir, au café, il entretenait Monsieur Barbeterre du Racing ou du F. C. A. Ils sont durs, ces gars-là, disait-il. Durs et accrocheurs, répondait Monsieur Barbeterre. Puis ils choquaient leurs verres, à la vôtre, et la Patronne, lourde idole peinte et cliquetante, les considérait du haut de l'édifice en bois et nickel où elle était posée comme pour l'éternité entre un téléphone et un palmier en pot dans le feuillage duquel fleurissait un ruban rose.

Libre ou pas libre, réel, irréel, fou, pas fou, tout en vient à se confondre dans cette trouble lumière de la captivité. Il n'est pas sain de trop suivre ces idées-là. On ne sait pas où cela mènerait. Et puis je suis trop las : tout de suite ma pensée se perd dans une angoisse informe. Et puis, il y a tous ces types autour de moi qui chuchotent, qui grognent, qui gueulent. Après tout ils ont raison : cette durée pulvérisée où s'abolit la conscience, c'est encore ce qu'il y a de mieux. Penser le moins possible, vivre le moins possible, réduire encore ce peu de vie qui nous est laissé. S'emplir et se vider. Tourner en rond.

Le plus dangereux, ici, c'est encore cet énorme loisir auquel on nous a contraints. Ça invite à se poser des questions, et un homme qui se pose des questions, captif ou pas, il est foutu. On a mis cela en beau langage dans les livres que je lisais autrefois. Notre condition faible et mortelle est si misérable que rien ne peut nous consoler lorsque nous y pensons de près. Un récit fait par un idiot, plein de bruit et de fureur, et qui ne signifie rien. Ce n'était que des phrases dans des livres. Des phrases pas gênantes. En ce temps-là, on s'arrangeait aisément pour boucher les trous par où auraient pu se faufiler des réflexions trop précises. On avait le football du dimanche, les femmes, le fric, le cinéma. Épatant, le cinéma, comme narcotique. Le cinéma, le grand bazar de l'hébétude, la chaude boutique du rêve tout fait, tout cuit, démocratique et standard. Il n'y avait qu'à s'asseoir, à être là, à ouvrir les yeux. À être un homme de la foule, consentant, passif, soumis à la frénésie mécanique des images, livré aux spectres, sans passé et sans avenir. À présent nous n'avons plus ces commodités. Mais quand même on se débrouille. Le petit Baude, à côté de moi, tout ridé, tout fripé, répète cent cinquante mille fois : fahren, fuhr, gefahren. Ça le préserve de se dire que pendant vingt-cinq ans il a fait des additions pour un fabricant de drap. Combien d'additions dans vingt-cinq ans d'additions ? Et le monde était plein de petits Baude dans des petites cages de verre, occupés à des additions. S'il additionnait toutes ces additions et tous ces additionneurs, et s'il découvrait que le total est zéro, le petit Baude verrait se former en lui des idées comme dans les livres, des idées à donner le vertige. Il étudie les verbes irréguliers. C'est plus prudent. C'est sa technique pour échapper aux questions. Quand une question se pose, il en vient tout de suite une autre derrière. Et de question en question, ça ne s'arrête plus, ça se déchire jusqu'au bout. Baude sait cela. Chouvin le sait, il chante *La P'tite Amélie*. Nous avons tous nos trucs, nos vieilles ruses d'homme pour ne pas nous laisser happer par les questions.

La grande ruse, au fond, c'est de faire semblant. Des gens qui ont été retirés de la vie, leur seule ressource est de simuler la vie. D'imiter les gestes des vivants. Tous, nous nous sommes mis à ramasser, à rassembler les débris de nos manies, de nos phrases, de nos vices, à remettre tout en place, à en faire quelque chose qui tienne à peu près debout et qui ressemble à ce que nous avons perdu.

Ici, je voudrais raconter Noël ou Pâques, nos jours de grande fête – de grande feinte. On en parle trois semaines à l'avance. Pour Pâques, dit Ure, il faudra faire un gâteau. J'ai reçu un pâté dans mon colis, dit Vignoche, ce sera pour Pâques. Le pâté, sur un plat de gamelle, tourne du rose au noir et il devient moussu comme une gueule de vieux. Nous surveillons d'heure en heure son agonie. Pourvu qu'il tienne jusqu'à Pâques. Pour Pâques, dit Pochon, on devrait préparer des haricots, mais alors des vrais, avec du lard. Où le prendras-tu, le lard, demande Ure, tu comptes le chier ? Moi d'abord, déclare Faucheret, je ne les digère pas, les haricots. Beuret propose des pommes de terre, moi des nouilles. Pochon se tait. Il est vexé. Il ferme comme un poing sa tête de bull-dog. Au bout d'un moment, d'ailleurs, tout le monde est vexé. On parle de laisser tomber. Mais non, voyons, voyons, supplie Beuret désolé à cause du sens communautaire, de la fraternité dans l'épreuve et de toutes ses conneries d'idiot de bonne volonté. On remet ça. Ure commence à faire l'important. Il réclame du chocolat pour son gâteau. Pochon, tu n'en aurais pas, des fois, du chocolat ? Du chocolat ? crie Pochon, merde alors, j'ai déjà fourni la farine et le sucre. Moi, dit Faucheret, j'ai fourni la margarine. C'est vrai qu'il est emmerdant, Ure. Il y fourre de tout dans son gâteau. Des biscuits, des pruneaux, du lait concentré, de la confiture. Et maintenant, il se lamente : un gâteau sans chocolat, ça n'a goût de rien. Ensuite, il se plaint que personne ne l'aide. Je m'occupe des patates, gémit Beuret, je ne peux pas être partout. Il secoue douloureusement son long nez conciliant. Vignoche se défile : c'est l'heure de la messe. Vignoche est à la messe quand il y a de la cuisine à faire. Faucheret est introuvable, naturellement. Pochon aussi. Moi, je me laisse bêtement coincer. J'alimenterai le feu. Ça consiste à casser du bois en tout petits morceaux et à l'introduire dans un fourneau que Beuret a fabriqué avec des boîtes de conserve. Ce fourneau produit surtout de la fumée. Je reste deux heures accroupi dans la fumée, maugréant, plein de crampes, les doigts écorchés et les yeux en larmes. Toutes les cinq minutes le feu s'éteint et Ure m'engueule. Mais quand c'est fini, Ure éclate d'orgueil. Tous les six nous admirons son gâteau. C'est un édifice jaunâtre et tremblotant. Faucheret le compare à des nichons de dame mûre. Il n'oublie jamais cette plaisanterie, et elle fait toujours rigoler. Le pâté de Vignoche a été nettoyé, raclé, gratté, épilé : il a presque l'air décent. On a mis une nappe en papier sur la table. Vignoche renifle. Beuret s'attendrit. Jamais le sens de la vie ne lui a paru plus évident. Des phrases de ses livres lui chatouillent la cervelle comme une envie d'éternuer. Il n'y a que Pochon qui fasse sa sale tête : il ne pardonne pas le coup des haricots. Pochon me rappelle mon grand-père qui, dans les repas de famille, se transformait toujours en un bloc de silence et de réprobation pour empoisonner la joie des autres. Et comme reconstitution des repas de famille, on ne peut pas se plaindre, c'est réussi. D'abord on s'emplit religieusement, à grand bruit de fourchettes. Puis on parle tous à la fois. On dit que ce qu'il faut à la France, c'est un régime fort, et que c'est la faute aux ouvriers, ce qui arrive, avec leurs lois sociales et leurs congés payés. Je leur en foutrai, moi, des congés payés, dit Vignoche fermement. Puis on passe aux histoires grivoises. On aura celle du vieux général, celle du léopard, celle du chapeau de paille. On les aura toutes. C'est le moment où Beuret découpe le gâteau. Il est épanoui, Beuret. Il contemple notre bonheur. C'est vraiment beau des hommes qui s'aiment bien. Ure va commencer ses imitations de Maurice Chevalier :

Une choupetta
Savez-vous c'que c'est qu'ça ?...

Nous accompagnerons tous du nez et des épaules. On s'offre des cigarettes. On se fait des politesses. Absolument comme au temps des familles, quand on mangeait le poulet du dimanche sous la hideuse suspension des salles à manger, dans un décor de papier à fleurs. Et ce n'était pas tellement sincère, Dieu sait, tellement authentique, les familles. Maintenant, on parodie ces sentiments faux et ces bonheurs en toc. On parodie de la parodie.

Fabuleux passé de salles à manger et de cafés de province. C'est là que l'Histoire est allée les prendre, les gens d'ici, Ure et Pimbard, Tronc et les autres. Des gens tout à fait ordinaires. Elle avait besoin de ces gens-là. C'est avec des gens ordinaires, avec des inspecteurs et des sous-inspecteurs, que l'Histoire compose ses aventures. Ils n'en demandaient pas tant, eux. Ils se trouvaient très bien dans leur destin exigu. Il paraît qu'il a existé des époques où il n'arrivait rien. L'Histoire, c'était pour les autres. On pouvait rester sur le bord, laisser couler. Mais, aujourd'hui, il arrive quelque chose à tout le monde. Tout le monde est dans le coup. Notre époque est ainsi, une sale époque, une belle époque, comme on voudra. Une époque où il n'y a plus de refuge. Les gens d'ici se croyaient préservés de tout. Ils étaient enfouis sous des épaisseurs de gros traitements, dans des profondeurs de beaux quartiers. De lourdes portes à plaques de cuivre se refermaient noblement sur leurs bonheurs invulnérables. Ils étaient assurés contre le vol, l'incendie, les enfants, les accidents d'auto. Mais ils n'étaient pas assurés contre l'Histoire. L'Histoire les a délogés de leurs bonheurs, jetés dans la nuit, la faim et la merde. C'est cela notre part d'Histoire. Nous avons vécu de l'Histoire. Comme ceux qui ont fait les Croisades, ou qui ont fait la Révolution. On ne pense pas vraiment à ces types-là. C'est vrai pourtant qu'ils ont été des pauvres bougres, eux aussi, qui traînaient la patte, qui en avaient marre, qui rêvaient de paille où s'étendre, où se vautrer – et dormir, bon dieu, dormir. Et ils avaient la fièvre. Et ils disaient qu'ils allaient se coucher là, sur la route, et qu'ils se foutaient de ce qui arriverait.

Qu'est-ce que ça pouvait être, pour eux, les Croisades ? Qu'est-ce que c'était, la Révolution ? Pour eux, pas pour les historiens. Car il n'y a que cela que je trouve intéressant : le retentissement de l'Histoire en l'homme. Mais justement les historiens ne s'y intéressent pas. L'Histoire des historiens est comme un magasin d'habillement. Tout y est classé, ordonné, étiqueté. Les données politiques, militaires, économiques, juridiques ; les causes, les conséquences, les conséquences des conséquences ; et les liaisons, les rapports, les ressorts. Tout cela bien étalé devant l'esprit, clair, nécessaire, parfaitement intelligible. Ce qui n'est pas clair du tout, ce qui est obscur et difficile, c'est l'homme dans l'Histoire ; ou l'Histoire dans l'homme, si on préfère ; la prise de possession de l'homme par l'Histoire. L'homme complique tout. Dès que l'acteur, celui qui y était, s'en mêle, on ne s'y reconnaît plus, on ne peut plus s'en sortir.

Il dérange les belles perspectives historiques avec sa façon à lui de mettre les détails en place, et jamais à la bonne place. Pour lui, c'est toujours ce qui n'a pas d'importance qui compte le plus. Des questions de soupe, de corvées, de vaguemestre et de feuillées. Il faut voir alors ce que deviennent les événements dans la tête de l'homme qui y était. Et pas dans sa tête seulement, mais dans ses jambes, dans ses reins, dans ses boyaux, dans tout son corps qui saigne, qui sue, qui sent le vin, l'ail et pire que ça. L'Histoire des historiens n'a pas d'odeur.

Cette informe aventure où nous sommes enlisés, les historiens en parleront. Il y aura des petites phrases bien nettes dans les livres . « Les Allemands, au cours de la campagne de France, capturèrent deux millions de prisonniers... » Il y aura des cartes, avec des flèches et des ronds, pour expliquer comment cela s'est fait. Les livres savent tout expliquer. Tantôt c'est par le pétrole ou le charbon, le chômage, le dollar. Par des statistiques, des courbes, des graphiques. Tantôt c'est par les doctrines et les mystiques. Et ça a vraiment l'air d'expliquer quelque chose ; mais on ne voit pas bien quoi. Autrefois, j'y croyais, à leurs explications. Je n'étais pas dans le coup. Mais quand on est dans le coup, les explications n'arrivent plus à rejoindre l'expérience. L'expérience, c'est-à-dire Vignoche ou Peignade, la piaule, la fosse d'aisance débordante. Du solide, du réel, tout ça. C'est lourd, essentiel, éternel. En dehors des explications. Quand on vit ça, quand on respire ça, quand on se défait dans ça, on ne peut plus croire aux mots, aux statistiques, aux explications. Les explications ne mordent pas sur ça. Sur ce monde impénétrable et noir de l'expérience. Les explications ne sont vraies que dans le monde des explications – dans le monde des historiens. Pas dans le monde de l'Histoire. Le type de l'autobus disait là-dessus des choses qu'il fallait dire. Je veux parler de ce type-là. Il était saoul, mais quand même c'était un type qui disait les choses qu'il faut dire.

Septembre 39. Tout, en ces jours-là, s'éloignait de vous par un impitoyable glissement incompréhensible. Des foules d'hommes se mettaient en route, sur toutes les routes de l'Europe, à longues enjambées résignées, avec la miche et le vin rouge, avec le casque et le masque, avec la photo des gosses dans leur gros portefeuille en similicuir – seule chose désormais qui les reliât à leurs affections et à leurs tâches, à la paix. J'étais comme les autres. Je rejoignais mon unité. Le fascicule rouge portait : « Immédiatement et sans délai ». J'avais une vieille tenue, des souliers neufs, une valise. J'attendais l'autobus de Poitiers dans un petit café où l'on commentait les journaux en buvant de la bière. Les hommes disaient qu'il fallait bien que ça finisse comme ça, et que d'ailleurs ça pouvait encore s'arranger. Il faisait tiède, calme, vieillot. Des queues de billard enrubannées étaient peintes sur les glaces. Trois lauriers en caisse limitaient la terrasse. Au-delà, on voyait la grand-place, toute blanche dans le soleil, où une vieille en noir passait. Et de l'autre côté, près d'une pompe à essence rouge et vert, le gros garagiste en bras de chemise qui attendait les événements.

La guerre commençait par cette grande tranquillité. Et même il y avait dans ce bourg poitevin tant d'immobilité et d'absence qu'il semblait inconcevable que lui aussi fût offert à la guerre. Je regardais avec une tendresse désespérée ce petit morceau d'univers pétrifié dans la lumière sans âge des étés. La place, le café, le tablier bleu du patron, les ronds humides sur le marbre des tables, la stupeur de cette petite fille qui venait de s'éclabousser en maniant un siphon d'eau de Seltz...

L'autobus arriva, une machine disloquée où régnaient de furieuses odeurs. Le type était là-dedans, à côté de sa femme. Lui aussi il rejoignait. Et il parlait à mots titubants de la tragédie démesurée à quoi il lui fallait participer. Entre cette tragédie et son destin personnel, il faisait de son mieux pour saisir une relation. C'était difficile. Il avait pas mal bu, ce qui n'arrangeait pas les choses. Je ne suis pourtant pas, affirmait-il, plus con qu'un autre. Vous me direz : la Pologne. D'accord. La Pologne, les Soviètes, tout le tremblement, c'est d'accord. Mais moi, dans tout ça ? Enfin, qu'est-ce que je demande, moi ? Faire ma journée et rentrer manger ma soupe avec la bourgeoise. Alors quoi ? Ce matin encore je lui ai dit à la bourgeoise : faudrait quand même que je répare le toit. Parce que ça ne pouvait plus attendre, depuis six mois que je remettais. Même qu'en hiver il pleuvait dans le grenier comme dans une cour, qu'on était obligé d'y mettre des seaux. Là-dessus sur le coup de deux heures, voilà le beau-frère qui s'amène. Aussitôt je me suis dit : ça y est. La Pologne et le reste, ça y est. Vous pensez si j'en ai descendu, de mon toit. Mais alors, où est la raison je vous demande. Tenez, me voilà, moi. J'ai trente ans. Ou plutôt je vais les avoir, en octobre, le douze d'octobre. Bon. Je ne suis pas plus con qu'un autre. La bourgeoise est là pour vous dire. On a son bout de terre, on bricole, on arrive à vivre sa putain de vie. D'accord. Là-dessus les journaux, les affiches, les Soviètes, et voilà qu'on se trouve coincé, et allez savoir comment. Alors quoi ? Faut tout de même que quelque chose ne tourne pas rond. Tenez, qu'est-ce que j'ai à moi à trente ans ? Je dis : à moi. Mon bout de terre, d'accord. Pour ce que ça vaut. Et douze cents francs à la Caisse d'Épargne. Non treize cents. Laisse, va, on peut tout dire maintenant que c'est la guerre. Treize cents francs à moi à trente ans. Dans un sens je ne me plains pas. Il y a plus malheureux. Mais quand même. Et à présent, il faut rejoindre. Et personne n'a idée de quand ça finira. Alors moi je vous le dis, arrangez ça comme vous voudrez, mais il y a quelque chose qui ne va pas.

Ainsi parlait le type dans l'autobus de

Poitiers. Sa femme avait honte. Elle me disait :

– Il ne faut pas faire attention, monsieur. Ça ne lui arrive jamais, vous savez. Mais forcément, un jour comme ça...

Et l'ivrogne répliquait :

– Tais-toi donc. Le lieutenant comprend, va.

Oui, je comprenais. Je comprenais qu'on n'y comprenait rien, à tout ça. Depuis pas mal de temps, nous ne faisions que nous débattre dans un rêve. Nous rêvions la guerre et la paix. Jamais l'Histoire n'avait paru aussi loin de ceux qui la font, alors même qu'elle exigeait les participations les plus précises. C'est cela le propre de notre époque : d'avoir profondément désorganisé le réel, de nous avoir fait perdre notre confiance dans les choses et les êtres, dans la constance, la cohésion, la densité des choses et des êtres.

Les machines s'en sont mêlées. La T. S. F., le cinéma, le téléphone, le phono : toutes les machines inventées pour nous soustraire aux contacts directs, aux corps à corps avec les hommes et la nature. Toutes d'accord pour opérer une incroyable altération de notre vision de la vie. Autrefois, un homme, quand il était là, c'est qu'il était là : complet, entier, rassemblé. Et de même un événement. Mais aujourd'hui on ne sait plus ce qui est absence, ce qui est présence. On avance en somnambule parmi les apparences, des reflets et des fantômes. L'aventure individuelle et l'aventure collective sont soumises à des transpositions, à des dissociations et à des éparpillements infinis. Voix sans corps, corps sans épaisseur et sans poids, visages sans dimensions, existences sans dates. Une vie, la vie, c'est devenu des signes sur du papier, des sillons sur la cire, du noir et du blanc sur dix mille écrans, des mots tombant en pluie sur cinquante millions de demeures. Notre destin de chair est absorbé par notre destin d'ombre. Une mythologie puissante, confuse et baroque, naît sur les murs des villes, dans les pages des quotidiens, dans la nuit des cinémas, dans la foule ameutée des meetings. Les mêmes mécaniques publicitaires lancent une marque d'apéritif et propagent les mots d'ordre d'un dictateur. Des visages de boxeurs, de grues, de chefs d'État, obsèdent pêle-mêle les mémoires, nourrissent l'exaltation quotidienne. Tout s'égalise, se confond dans la même irréalité émouvante. On ne peut plus distinguer les valeurs, les tailles, les rangs. Staline ou Mussolini participent de la même existence stellaire que Greta Garbo. Un bombardement à Madrid, une grève à Changhaï revêtent le caractère fabuleux d'une irruption de gangsters dans un film de la Fox Movietone.

C'est peut-être pour cette raison-là qu'on est tellement perdu dans l'événement. Pour celle-là ou d'autres, d'ailleurs, qu'est-ce que ça fait ? Est-ce que je vais me mettre moi aussi à inventer des explications ? On n'y comprend rien, voilà tout. C'est déjà quelque chose de comprendre qu'on n'y comprend rien, comme mon type de l'autobus. Seule façon de préserver au moins la qualité pathétique de l'Histoire. Elle est aveugle et impénétrable, l'Histoire. On n'a pas à se demander ceci ou cela. On tourne en rond. Il y a les baraques. Il y a les cabinets. Rien que ça. D'un bout du monde à l'autre, d'un bout à l'autre du temps, rien que des hommes qui tournent en rond, gardiens et gardés, qui s'emplissent et qui se vident. Ils ne savent pas pourquoi on les a fichus là. Ils s'imaginent qu'ils payent pour une faute. Que c'est à cause du bon dieu. Ils n'osent pas s'avouer que c'est à cause de rien du tout. Et pourtant c'est bien plus beau ainsi, bien plus terrible. L'Histoire apparaît enfin dans sa gratuité absolue, dans son inconcevable cruauté. On peut se défendre avec des mots, avec des théories. Mais c'est tricher. Beuret triche, quand il parle du sens de la vie. Ça n'a pas de sens, le sens de la vie. Je ne veux pas tricher. Je ne veux pas expliquer. J'ai fait ça toute ma vie. J'en ai assez. Je ne veux plus me défendre contre cette évidence déchirante de l'absurdité. On a construit aussi des philosophies là-dessus. Je sais. Mais j'en ai assez des philosophies. L'absurdité, ça ne se démontre pas, ça ne se raisonne pas, ça ne sert pas à faire des conférences ou des articles dans les revues. On l'éprouve dans tout son être. C'est une révélation vivante qui, à de certains moments intenses, emporte tout.

C'est un de ces moments-là que j'ai connu, quand j'ai été fait prisonnier. Nous étions une centaine. D'autres types résistaient encore au fond d'une rue. Les Allemands ont inventé de nous mettre devant eux pour empêcher les copains de tirer. Cela se passait sur une petite place, dans un faubourg de Lille. Il y avait un monument aux morts de 70 : un soldat s'affaissant noblement pour mourir, dans la grande tradition de la Comédie-Française. Je revois tout. Les prisonniers criaient, agitaient des mouchoirs. Devant eux, cette rue toute droite, avec des arbres et des grilles, et une grande bâtisse en briques rouges qui pouvait être une mairie. Des maisons brûlaient. Au bout de la rue, un char renversé. Par moments, la flamme brève d'un fusil-mitrailleur. À chaque rafale quelques hommes tombaient, et les autres criaient plus fort. Tirez pas, bon dieu, tirez pas. Presque tous saouls. Ils avaient pillé une cantine anglaise, s'étaient envoyé tout ce qu'ils avaient pu de gin et de whisky – leur dernière action d'hommes libres. Maintenant ils hurlaient furieusement. Ce n'était pas régulier ce qui leur arrivait là. Pas moyen d'en finir, quoi. On croit qu'on en est sorti et tout recommence. Merde alors. Il en arrivait d'autres qu'on venait d'extraire d'une cave. Ils couraient sous les aboiements et les rires. *Schnell, schnell.* Un gros avec de courtes jambes, ses petits bras levés. On eût dit un pingouin, un petit pingouin affolé...

Absurde tout ça. Absurde et comique. Et d'un symbolisme tellement gros, tellement naïf – le soldat en pierre, avec son képi plat, sa moustache, et puis les autres, le petit pingouin et les autres, qui gueulaient pour sauver leur peau. Confrontation de la vraie guerre et de son image bourgeoise, scolaire et décorative.

Il y a décidément un certain point, dans l'angoisse et le désespoir, au-delà duquel on n'éprouve plus rien que le sentiment de l'absurdité irrémédiable de tout. On se détache. On n'adhère plus à la tragédie. Il n'y a plus du tout de tragédie, plus rien de surprenant ou d'horrible. Des hommes meurent, c'est simple, c'est dans l'ordre. Des maisons brûlent ; c'est dans l'ordre aussi, et banal comme ces feux qu'on allume à l'automne au fond des jardins. J'en étais là. Je trouvais ça idiot, simplement. On tirait sur nous, devant, derrière. Le groupe hurlait, ondulait, oscillait d'une peur à l'autre. Je me laissais porter par ce flux et ce reflux de la lâcheté. Mais la peur était dépassée. C'était idiot, voilà tout. D'une bouffonnerie basse, facile, de mauvaise qualité. Idiot. Idiot...

Leur cher Péguy

Tombée du soir. L'heure où l'on allume les lampes sur les cahiers d'écolier – la toile cirée est froide sous la main, et douce comme une eau. L'heure où les femmes du quartier Saint-Roch couraient, en sarrau de toile et en savates, vers l'épicerie d'où elles rapportaient des bouteilles de vin et du pâté dans du papier. Je guettais l'aigre sonnerie qu'on entendait chaque fois que la porte de l'épicerie s'ouvrait ou se refermait...

Je regarde, par la fenêtre de la baraque, la cour, les autres baraques, les cabinets, du blanc, du noir, cette géométrie inhumaine et perdue. On piétine dans la fumée autour du fourneau. Baude a fermé sa grammaire allemande. Le petit Baude, si fripé, si vieillot, le vieux petit écolier sage. Chouvin penche sur sa tambouille sa barbe grave de sociologue. Il ne chante plus. Il produit seulement un discret grognement rythmique, *oua oua oua oua oua, oua oua oua oua oui*, en remuant avec un bout de bois un mélange de choux, de pommes de terre et de rutabagas. L'ombre s'épaissit dans la chambre. *Oua oua oua oua, oua oua oua oua oui*. Dehors, ce carré de neige déchiré par quelques buissons noirs, par quelques arbres effilochés. Des hommes vont aux cabinets, en reviennent. Tu pourrais peut-être fermer ta porte, crie Pochon à Peignade, on crève de froid.

Je reste là, le nez à la vitre, comme aux soirs de mon enfance. Des lumières jaillissent sur le chemin de ronde. Cela fait penser à ces endroits où finissent les villes : les derniers réverbères, encore quelques chantiers, quelques garages, et après, la solitude, les champs sous la lune. Le quartier Saint-Roch était ainsi, en bordure de ville. Derrière une espèce de grange qui était l'église, commençait une fausse campagne de jardins à l'abandon et de terrains vagues envahis par des tas de ferraille. Des chemins incertains, entre des murs écroulés et des ronces, menaient aux carrières.

Je n'allais jamais jusque-là, mais je connaissais les hommes des carrières, des hommes massifs et poilus, dépoitraillés, toujours saouls. J'aimais renifler quand ils passaient leur odeur de sueur et de force...

Pochon crie : La porte, bon dieu. Ure refait pour la centième fois le compte des femmes qu'il s'est envoyées quand il était en cantonnement du côté de Maubeuge. Debout, grelottant, je déchiffre patiemment, mêlées à l'hiver et à la nuit, des choses de mon enfance. Je me rappelle la petite fille qu'on poussait devant sa porte dans une voiture. Une petite fille de huit ou neuf ans qui ne savait ni marcher ni parler. On prétendait qu'elle serait toujours ainsi.

– Deux Polonaises, dit Ure, les deux sœurs. Elles tenaient un estaminet sur la place.

– Toi, alors, dit Vignoche.

La petite fille se nommait Marguerite. Ses parents, c'était les Maria. Le soir ils faisaient fonctionner un phonographe. « Ça n'a pas le sou, gémissait ma tante, et ça s'achète des phonographes. » Et autour de ma tante les trois vieilles femmes indignées secouaient des chapelets au fond de leurs grandes étoffes noires.

– L'aînée, raconte Ure, se faisait baiser par le toubib.

Chouvin grognonne, *oua oua oua oua oui*. C'était dans notre rue aussi qu'habitaient les Pontarion. « Les pires de tous », disait ma tante. Un tas de filles, de gosses et de vieux qui se battaient tout le temps. Le père Pontarion rôdait de porte en porte, la gueule verdâtre, lent et sournois, terrible. Les gens lui donnaient des rats pris au piège. Il les mangeait. Il jurait que c'était meilleur que du lapin, et ça faisait rire les femmes en savates.

– La femme du pharmacien, dit Ure, tout le bataillon lui avait passé dessus.

– Ça va, dit Chouvin, viens bouffer, c'est prêt.

– Attends, dit Ure, je vais pisser un coup.

– La porte, crie Pochon.

– Tu commences à nous emmerder, tu sais, avec ta porte, dit Ure...

Beuret reprise une chemise, soigneusement. Elle a bien déjà une dizaine de pièces, sa chemise, et ça se déchire toujours à côté des pièces. Ça ne tient plus, ça fout le camp de partout. Pourtant, en s'arrangeant, on peut encore la faire durer. Beuret coud, tant bien que mal, un carré d'étoffe à côté des autres. Voilà : ça fera huit jours, deux jours. Il ne faut pas être exigeant, réclamer un long avenir. Huit jours, deux jours, c'est mieux que rien. Quand on est pauvre, il ne s'agit jamais que de gagner un petit bout de temps. Toujours on est à lutter contre l'usure, la faim, la maladie ; on ne compte pas sur une vraie victoire, une victoire une fois pour toutes ; on veut seulement faire durer un peu ; et renouveler de jour en jour ce miracle de la durée. On a beau être rongé de fatigue, on tiendra bien tout de même un peu. Un corps de pauvre, c'est comme une chemise de pauvre. Ça trouve toujours un lambeau de force pour la tâche immédiate. Après, on verra. On ne pense même pas à ce qui viendra après. Bon pour les riches, les projets. Un pauvre, quand il a cassé la croûte, il se dit qu'en voilà pour une bonne journée. C'est comme la vieille chemise. C'est comme les souliers dont on prolonge indéfiniment l'existence avec des ficelles, des morceaux de cuir ou de carton. Satisfactions à court terme, l'avenir toujours bouché, une perpétuelle improvisation pour seulement subsister. Et au fond, pourtant, une impression de sécurité. Parce qu'en faisant attention, en ne demandant pas trop, on a toujours fini par l'emporter sur la destruction des choses, sur la destruction de soi. Et en somme il n'y a pas de raison pour que ça ne continue pas.

Beuret examine sa chemise, et son long nez luit pieusement. Toutes les fois qu'il ravaude, recoud, rafistole, Beuret prend ce visage extasié. Les besognes qui nous embêtent le plus, il les accomplit dans le ravissement. Casser du bois, laver sans savon du linge irrémédiablement noir. C'est décidément une belle âme. Le sens de la vie, les bienfaits de la pauvreté, le culte du travail, tout cela s'arrange si bien dans une belle âme. Il cite Péguy. Il cite la mère de Péguy. Une belle âme, elle aussi. Elle rempaillait les chaises, comme chacun sait. Elle les rempaillait humblement et scrupuleusement et ne demandait rien d'autre à Dieu que des chaises à rempailler. C'était son honneur, sa religion. Elle rempaillait ses chaises du même cœur que les gens du Moyen Âge bâtissaient des cathédrales...

Mais les bâtisseurs de cathédrales, après tout, c'était des gars comme nos charpentiers et nos maçons. Parce qu'il y a des centaines d'années qu'ils sont morts, on en profite pour nous raconter des histoires sur eux. Qu'ils travaillaient pour le bon Dieu, qu'ils travaillaient pour la Sainte Vierge. Mais les bâtisseurs du XIIIe siècle, c'était des gars comme nos charpentiers et nos maçons, et de condition pire. Toute la journée à remuer de la pierre. Toute la journée et tous les jours de leur vie. Toute une vie de pierre et de mortier. Dans le vent et le froid des échafaudages. Toute leur vie comme ça. Et c'est pour gagner cette vie-là qu'ils travaillaient, et elle était dure à gagner. Ils pensaient à leur soupe. Ils ne pensaient pas tout le temps au bon Dieu. Ils pensaient leur fatigue et leur peine. Ils pensaient ce qu'on peut penser quand on remue pendant quinze heures de la pierre et du mortier. Ils pensaient pierre et mortier. Ils ne pensaient rien du tout.

J'essaye quelquefois d'expliquer cela à Beuret. Mais il ne m'entend pas. Mes phrases ne pénètrent pas dans son univers cotonneux d'homme de bonne volonté. Je lui disais qu'il faut prendre contre Péguy le parti de la mère de Péguy. Le parti des rempailleuses de chaises. Le parti des terrassiers et des maçons. Le parti de ceux qui poinçonnent les billets dans le métro, de ceux qui déchargent des sacs, de ceux qui mettent de la peinture sur les murs. De celles et de ceux qui n'ont pas d'autre destin que la répétition infinie des mêmes gestes et des mêmes fatigues, et qui s'y acharnent et s'y épuisent jusqu'à ne plus savoir même qu'il y a autre chose dans le monde que de la paille à tresser ou des briques à empiler, autre chose que des sacs à décharger et de la peinture à étaler et des tickets à perforer, autre chose que fatigue et recommencement – jusqu'à ne plus avoir même envie d'en sortir, de tout ça, de tout balancer, de se libérer une fois, pour voir, de ses gestes et de ses fatigues...

Ces choses-là, je tentais de les dire à Beuret. Bien vainement. C'est une âme molle et douce, que rien n'entame. Une âme mollement et doucement résignée. J'ai horreur de ces molles vertus. Ma mère aussi était résignée. Et les gens de mon enfance. Et les petites filles avec qui je jouais sur les trottoirs de Saint-Roch. Elles savaient déjà, ces petites filles, d'un savoir immédiat et sans mots, qu'elles étaient condamnées – condamnées aux lessives et aux ménages, à l'homme qui boit, à l'épicier qui en a assez de faire crédit ; condamnées à des escaliers et à des couloirs et à des cours et à des murs. Tant de pas qu'on fera entre des murs, de jour en jour, d'heure en heure, de mur en mur. Et tant d'attente dans tous les lieux où l'on attend, et il n'y a rien d'autre à faire qu'à se mettre là, à se faire petit et à attendre... Elles savaient cela, tout le monde le sait. Enfin, presque tout le monde. Et c'est ainsi, et personne n'y peut rien. On a perdu avant de jouer. Alors, ça ne vaut même pas le coup d'essayer.

Ça ne vaut pas le coup. On a une trop longue habitude de la soumission. On a tant obéi pendant des siècles, tant accumulé de fatigue, on s'est tellement usé à des tâches misérables, tellement accoutumé à l'étroitesse, à la sévérité, à la grisaille de la vie, qu'on finit par se satisfaire de ce qu'on est et de ce qu'on a. Cet ordre qu'il faudrait changer est si lourd et si ancien qu'on perd courage. Il n'y a qu'à rester à sa place. C'est déjà bien beau d'avoir ça. Une petite place à soi, avec du travail à faire, du pain assuré. On sait qu'on ne pourrait pas s'en sortir. On n'en a même plus envie. On se trouve bien là. On s'y trouve heureux. On y sauve même une espèce d'orgueil.

J'ai connu cela. Toute mon enfance a

baigné dans cette tiède docilité. Je revois ma mère, immobile au fond de l'ombre, menue et craintive, serrée dans son étroit fichu noir. Image menue et noire du renoncement et du consentement à tout. Travailler tant qu'on peut et tant que dure le jour, sans révolte et sans grand espoir, elle n'avait rien d'autre à m'enseigner. Et Péguy non plus n'enseigne rien d'autre. Il est vrai qu'il parle toujours de socialisme et de révolution. Mais c'est qu'il s'entendait comme pas un à brouiller les choses et les mots, à imposer aux mots de tout le monde un sens qu'ils n'avaient que pour lui. Ça sert quand même d'être passé par Normale. Son socialisme, c'est une tendre rêverie sur le passé. Sa révolution, c'est la résurrection de la paroisse médiévale, avec des ouvriers qui travailleraient quinze heures par jour et seraient contents comme ça. Ambiguïtés de vocabulaire qui ont fait du chemin depuis les *Cahiers de la Quinzaine*.

Péguy était malin. Il a su, mieux encore que le vieil Hugo, dont il admirait tant l'astuce, aménager sa légende pour la postérité, préparer à ses biographes un Péguy en chromos. On n'a qu'à choisir. L'écolier, le paysan, l'officier de réserve, Péguy en sabots, Péguy en pèlerine, Péguy en pèlerin. Un Péguy cassé, courbé, tordu, tortu, ce ne sont pas les adjectifs qui lui manquent. Un Péguy pareil aux vieux qui vont aux champs, aux vieilles qui gardent les vaches. Homme de peine, homme de peu, homme du peuple. Homme de terroir et de tradition. Sa grande peur, c'est qu'on le prenne pour un bourgeois, pour un monsieur. Qu'on ne voie pas assez sa pèlerine et ses sabots. Il faut qu'on sache qu'il n'a jamais pu s'asseoir dans un fauteuil : c'est une preuve, cela. Et qu'il tutoyait les typographes. À force d'affirmer qu'il est peuple, il finit même par croire qu'il n'y a que lui qui soit peuple, qu'il est le peuple à lui tout seul. « Aujourd'hui tout le monde est bourgeois puisque tout le monde lit le journal. » Tout le monde sauf lui, Péguy.

Puisqu'il y tient, on peut lui accorder cela. Il était peuple, en effet ; mais seulement par sa fidélité aux certitudes compactes, immobiles et limitées de son enfance. Par cet accablement et cette acceptation millénaire dont il fait morale et poésie. Le monde où il nous faut vivre désormais est dur. Tout est à inventer, le combat et les armes, les mythes et les dieux. Péguy nous invite à retourner vers un passé clos et chaud, sans problèmes, où l'on serait bien enfermé, bien tenu, relié aux vivants, relié à la terre et aux morts. Tentation tenace au cœur des hommes qui ont longtemps vécu dans la peine quotidienne, dans la douceur soucieuse des vieilles résignations. C'est comme une petite place après la pluie, où des écoliers jouent en silence. On y parviendrait après avoir longé beaucoup de rues, traversé des quartiers humides et noirs, pleins de rumeurs, après avoir patiemment pénétré dans un désordre de boutiques et d'usines, dans je ne sais quelle confusion de murailles et de crépuscule. Et au fond de tout cela, il y aurait cette petite place, avec deux arbres et un banc...

Pas étonnant qu'un type comme Beuret soit pris au piège de cette sagesse accablée. Les premiers disciples de Péguy, ces fabuleux abonnés des *Cahiers*, devaient ressembler à Beuret, un peu voûtés, un peu myopes, ivres de candeur et de bonne volonté. Mais Beuret est un imbécile. Il y a les autres, ceux qui sont venus après, ceux qui mènent grand bruit en ces temps-ci. Des gens bien, des gens sérieux, des gens soignés, des roublards, des petits salauds, des gens moraux, des gens nationaux, tout ce qui est pour la Famille et pour le

Travail et pour que les pauvres restent à leur place de pauvres, ceux qui sont pour les traditions, les situations et les décorations, dames en visite, jeunes gens qui se poussent, ceux qui sont arrivés, ceux qui arriveront, ceux qui disent que c'est la faute des maîtres d'école, ceux qui disent que c'est la faute des congés payés. Tout ça est pour Péguy. Ils ont mis Péguy avec eux. Ils le font marcher devant eux. Saint Péguy, priez pour nous. Il est commode, Péguy. Il leur fournit toutes les justifications, toutes les garanties. Il suffit de découper dans son œuvre les pages qu'il écrivait au nom de sa classe et qui se retournent contre elle. On serait bien bête de s'en priver. Ils se sont emparés de Péguy comme ils s'emparent des généraux en retraite pour les fourrer dans leurs conseils d'administration. Ils en sont partisans, eux, de la mystique du travail. Et de la fierté artisane. Et de l'ouvrage bien faite. Ça les arrange, ce socialisme désamorcé. Ça s'accorde parfaitement avec leurs intérêts et leurs peurs. On serait rudement tranquilles si la joie de travailler suffisait comme salaire aux hommes du travail. Poinçonnez les tickets, rempaillez les chaises, déchargez les sacs, empilez les briques, sans réclamer, sans rouspéter, sans jamais vous croiser les bras, vous mettre en grève, sans dire non. Dans un esprit d'humilité chrétienne. Comme on faisait au XVe siècle qui est une si belle époque. Et laissez-vous écraser et abrutir et anéantir et vider par le travail. C'est Péguy qui vous le dit. Il s'y connaissait, Péguy, en honneur ouvrier, en conscience du métier. Ce n'était pas un bourgeois, Péguy, un monsieur. C'était un type comme vous, un type de chez vous, un homme du peuple, un socialiste. Alors, qu'est-ce que vous souhaitez de plus ?

Je m'échauffe comme si tout cela en valait la peine. C'est à cause de Beuret. Je n'ai qu'à regarder cet imbécile ravauder ses loques pour me mettre à penser à Péguy. Beuret a des mains râpeuses et rouges. Sa mère avait des mains comme ça, j'en suis sûr. Et la mère de Péguy, et ma mère. Mains misérables des laveuses de vaisselle, des récureuses de casseroles. Il en est tout fier, de ses mains.

Le voilà qui s'interrompt pour tirer un de ses mégots de la boîte où il les conserve. Il fumoche : un petit plaisir qu'il s'accorde. Petits plaisirs des petites vies aplaties. Petite morale : se contenter de peu, ne pas user, ne pas oser. Douce petite morale recroquevillée de mon enfance. On m'a appris ça, dans la maison du quartier Saint-Roch. Je n'en suis pas encore guéri. On m'a appris les saines vertus des petites gens qui pataugent dans leur existence invisible. Les modestes, les discrètes vertus populaires. Là-dessus j'en sais autant que Péguy. On a des choses en commun, lui et moi. Des souvenirs de rues, de boutiques et d'école communale. Des ancêtres qui étaient valets de ferme ou femmes de journée. Moi aussi, j'ai été le petit garçon qu'on envoie faire les commissions en lui recommandant de ne pas perdre ses sous. J'ai été l'écolier qui marche sous les marronniers, dans la pluie tiède des rentrées. Et le soir je faisais mes problèmes, j'apprenais consciencieusement mes leçons d'histoire, Jeanne d'Arc, Henri IV, la guerre de Sept Ans. Alors, leur Péguy ne m'attendrit pas, avec sa laborieuse enfance d'enfant du peuple. Si j'étais fils d'un banquier ou d'un colonel, je ne dis pas. Je le trouverais touchant, Péguy, le bon élève de la laïque avec ses livres sous le bras. Ce Péguy qui est resté si peuple, si fidèle au peuple, et si rassurant au fond malgré ses airs de tout casser. Mais ma mère était couturière, et mon père ajusteur. Ça me dispense des précautions. Je laisse la piété aux niais et aux cyniques. Ils peuvent se rincer l'âme, si ça leur chante, avec la mystique du travail et la petite vertu Espérance (parlons-en, de celle-là). Avec toutes ces formules de Péguy qu'on plante partout à présent comme des panneaux-réclame – la *mystique* et la *politique*, les *époques* et les *périodes*. (Sans oublier les pères de famille qui sont les grands aventuriers du monde moderne.) Moi, ça me laisse froid. Je n'y vois que des façons de travestir en courage et en révolte des faiblesses et des acceptations. Ça ne mord pas sur moi. Je ne marche pas.

Évidemment, ces choses-là devraient être dites autrement. Exposées par exemple dans une solide étude critique comme mes maîtres m'ont appris à en écrire. Quelque chose de bien ordonné, de nuancé, d'objectif, avec des citations et des notes au bas des pages. Voilà un digne emploi de mes loisirs d'homme captif. Et au moins j'aurais le beau rôle. Le rôle de l'intellectuel invulnérable, du clerc qui se délivre des tumultes du réel par de sévères recherches et de sereines réflexions. Les fesses sur la planche à merde, mais la tête dans les hautes régions de la pensée. Victoire de l'esprit sur les circonstances. Mais j'y ai renoncé, à ces victoires. Est-ce que je suis seulement encore capable d'avoir des pensées. Des rancunes, tout au plus. Des écœurements, des répulsions, des dégoûts. Ce n'est pas avec ça qu'on compose les solides études critiques. Péguy n'est pas pour moi un auteur dont on analyse l'art ou la philosophie : c'est un homme que je ne peux pas sentir. Un type qui m'exaspère. Comme Beuret, comme Vignoche ou comme Pochon.

Je me souviens d'une photo de lui que j'ai vue autrefois. Il est dans sa boutique, la fameuse boutique de la rue de la Sorbonne. Debout, la main droite sur le dossier d'une chaise. Assurance, importance de boutiquier. Il me rappelle mon oncle le quincaillier. Mais surtout il fait penser, avec sa barbe et son binocle, aux professeurs de ce temps-là. On ne peut pas s'y tromper. M. Lavisse, M. Lanson, les universitaires qu'il malmenait dans ses écrits, eux aussi avaient cette courte barbe, ce binocle péremptoire, et le petit pli vertical du front à cause du binocle. Péguy a beau s'en défendre, il est l'un d'eux. Ça ne lui plaisait pas, ça ne faisait pas assez peuple. Il proclamait si fort son mépris de la pensée scolaire, abstraite, livresque, qu'on finirait par le croire. Mais il a beau faire, s'il a quitté l'Université, l'Université ne l'a pas lâché. Ce n'est pas seulement question de barbe et de lorgnon. Il y a le style, le ton. Quand il m'arrive de lire du Péguy, je me retrouve au collège. Ce monologue démesuré, c'est le ronronnement professoral. Péguy est en chaire. Bien assis, bien calé, pas pressé. Il décide, il distingue, il classe. Il met la mystique d'un côté, la politique de l'autre, tout devient clair. Premièrement, deuxièmement, grand A, grand B. Des vues nettes, des catégories bien tranchées, des affirmations inflexibles. Un professeur intransigeant, sûr de lui, tout à fait indifférent aux mélanges, aux contagions, aux interpénétrations de la réalité. Il glisse de digression en digression. Il explique un texte. On en a pour deux cents pages d'explications. Et il n'est jamais certain d'avoir assez expliqué. D'avoir assez comparé, précisé, insisté. Il aligne infatigablement les synonymes. Il détaille des étymologies. Il range les mots en familles. C'est sa façon d'aimer la langue : pas en artiste, en professeur. Et du latin, et du grec. Et des allusions classiques, avec un regard en biais du côté des bons élèves pour voir s'ils les reconnaissent. Et ces calembours trop appuyés. Ces façons de mal parler exprès, ces vulgarités d'expression qui sont l'innocente débauche des agrégés de grammaire.

Un professeur prolixe et un peu bafouilleur, voilà comment, au bout du compte, il m'apparaît, leur Péguy. Sale caractère, avec ça. Plein d'âcres passions, de haines énormes et puériles. Toujours engagé dans des querelles de cuistres. S'acharnant sans relâche contre les collègues de la Sorbonne pour des histoires de programmes et de nominations. Et tout de suite il crie à la trahison. Ces ternes, ces inoffensifs fonctionnaires, les Langlois, les Lanson et les Lavisse, tous des traîtres. Péguy est tout seul à ne pas trahir. Il faut être de l'Université pour prendre à ce point-là les universitaires au sérieux. Il n'y a que dans l'Université qu'on puisse ainsi confondre la Sorbonne et la culture. Les problèmes de Péguy, ses indignations, ses dénonciations n'ont de sens et d'importance que dans le monde des professeurs. Dès qu'on est sorti du monde des professeurs, on s'étonne que quelqu'un ait jamais pu s'exciter là-dessus. Et j'en suis sorti. Ou plutôt les événements m'en ont sorti, assez rudement. L'expérience de la faim, de l'humiliation et de la peur donne aux choses leurs dimensions exactes. On voit clairement que les débats de Péguy avec quelques pions, ça ne compte pas. Ça se passe hors de l'action, hors de la vie. Dans cet univers arbitraire et sans résistance où la pensée scolaire mène ses jeux dérisoires.

Les discours belliqueux de Péguy ne pèsent pas davantage. Il voyait venir la guerre. Il la guettait comme un autobus au coin de la rue. Pourvu que je ne rate pas ça. Pourvu que ma génération ne rate pas ça – cette occasion de grandeur, d'héroïsme, d'Histoire. Avait-il assez peur de ne pas la prendre, son inscription historique comme il disait. De ne pas l'obtenir, sa participation à un vaste événement épique. Il l'a eue, il n'a pas à se plaindre, et quelques millions de pauvres types avec lui qui n'en demandaient pas tant. Il y a laissé sa peau. Des littérateurs qui avaient su préserver la leur l'en ont loué en beau style. Je ne sais rien de la mort de Péguy. Personne ne sait rien de la mort de personne. Il avait écrit : « Heureux ceux qui sont morts dans une juste guerre... » Des alexandrins que j'ai appris par cœur, dans le temps. Tout le monde les a appris par cœur. Depuis, j'ai vu pas mal de ces cadavres heureux. Des vrais, et qui pourrissaient sans poésie, écrasés au fond d'un fossé. C'est un spectacle qui invite à parler froidement de ces choses. Les morts ne sont ni heureux ni malheureux : ils sont morts. On leur a volé leur montre et leurs bottes, et ils pourrissent au fond d'un fossé. Cette réalité de la guerre et de la mort a de quoi guérir d'un certain lyrisme martial. Mais Péguy voyait la guerre comme dans les livres que les professeurs commentent en classe. Comme dans Hugo. Comme dans l'*Iliade*. Comme dans Corneille. Chacun a connu, vers ses quinze ans, de ces farouches vieux pédagogues que le combat des Horaces ou l'invocation aux soldats de l'an II (ô guerres, épopées) jetaient dans un délire sacré. Péguy aussi, ça le ravissait, cet héroïsme de 14-Juillet et de distribution de prix. Ces effets de voix et ces effets de muscles. Cette rhétorique qui plastronne, qui claironne, qui flonflonne. Ce courage oratoire, sans rapport avec le courage réel, qui est silence et solitude – la plus silencieuse, la plus solitaire prise de conscience ; l'expérience la plus incommunicable ; l'épreuve la plus secrète ; une déchirante et totale découverte de soi au fond d'une angoisse sans nom. L'imagerie de Péguy, ses rêves de batailles, de chevauchées et de croisades, tout cela n'a pas l'air sérieux quand l'événement est là. Et c'est fait. Le temps de la rhétorique est passé. Nous l'avons eue, nous aussi, notre inscription historique. Et quand on a le nez sur l'événement, ça change vos façons de voir. L'événement est comme les cadavres. Il n'est glorieux et beau que dans la littérature de collège. Dans le vrai de la vie, c'est piteux, c'est moche, ça pue. Quand on n'est pas aussi bête que Beuret, on finit quand même par s'en apercevoir. À force de grelotter dans une baraque, de soir en soir, on en vient à savoir au moins une chose : c'est qu'il n'est pas besoin de faire signe à la catastrophe. On ne la manquera pas. Elle ne nous manquera pas. On aura sa place, il y a en a pour tout le monde. On aura sa part, et bonne mesure. Sa part d'Histoire et d'épopée. Sa part de nuit, de neige, de crasse et de merde. On y a droit. Droit aux punaises. Aux soupes de rutabagas. Aux sentinelles. Aux cabinets. À ces croupissements et à ces accroupissements. Droit à l'obscénité de Ure. À la stupidité de Vignoche. Droit à Beuret, à Pochon, à Chouvin.

Aux chansons de Chouvin, *La P'tite Amélie, oua oua oua oua oua.* Péguy était travaillé de l'envie d'inscrire une grande histoire militaire dans l'histoire éternelle. Ce sont ses mots. Pour la grandeur, il nous faudra repasser. Il y en a peut-être qui sont mieux tombés. Il y a peut-être quelque part, Dieu sait où, des personnages de Corneille ou des soldats de l'an II. Mais pas ici. Ici, il y a seulement Ure et Pochon, et Faucheret, et Tronc. Et Chouvin qui chante :

La p'tite Amélie
Oua oua oua oua oua
M'avait bien promis
Oui oui oui oui oui...

Le beau métier

Le camp des Russes est à trois cents mètres du nôtre. Notre passe-temps, cet été-là, ce fut de regarder enterrer les Russes. Un travail très monotone. Traîner la charrette pleine de morts. En tirer les morts. Jeter les morts dans la fosse. Recommencer. Toute la journée comme ça. Toute la journée à remuer du mort. Dans cette plaine de soleil et de sable. Toute la journée à balader cette charrette déglinguée entre le camp et la fosse. Les vivants qui faisaient cela n'étaient pas beaucoup plus vivants que leurs morts : juste la vie qu'il faut pour marcher, pour pousser un peu, pour tirer un peu. Des hommes sans regard. Des hommes sans poids. Absents de tout. Et pour les garder, les morts et les presque morts, deux sentinelles sifflotantes. Deux gars qui s'en foutaient. Faire ça ou autre chose. Ils se disent que tout compte fait on n'est pas plus mal là qu'au front. Là, dans le sable et le soleil. De temps en temps ils gueulaient des menaces. Ils flanquaient quelques coups de crosse au petit bonheur. Pas méchamment, plutôt parce que c'est ça leur boulot. Et parce que quand même il fait bon vivre. D'ailleurs, les injures et les coups, ça ne les atteint pas, les Russes. Ils sont comme ça. Les Russes, on se demande bien ce qui pourrait encore les atteindre. Ils font leurs pas. Ils font leurs gestes. Mais ils ne sont plus de ce côté-là des choses. Ils flottent avec une lenteur surnaturelle dans un univers spectral. Et c'est eux, ces vivants, qui font qu'on pense à la mort. Pas les morts. Les morts sont tellement morts qu'ils appartiennent déjà au monde de la pierre, du bois. On se dit que c'est lourd, que c'est froid, on ne se dit pas que c'est de l'homme. Et puis il y en a trop, des morts. Un cadavre, ça va. Devant un cadavre inconnu, on rêve, on se répète de vieux mots. Mais quand c'est des morts par pleines charretées, par pleines fosses, et toute la journée, et pendant des jours et des jours, alors il n'y a plus pour cela de mots ni d'idées. On ne peut plus que regarder. Des morts tout nus, blancs, avec leur tête démanchée, leurs bras disloqués qui pendent. Des morts enchevêtrés, et c'était toute une affaire que de les démêler, de les déboîter les uns des autres. Et puis on les mettait sur un brancard. Leurs bras balançaient de chaque côté. Des morts si maigres, à n'y pas croire. Les uns tachés de sang noir, ceux que les Allemands avaient tués à la mitrailleuse. Les autres barbouillés d'excréments : ceux qui étaient morts de la dysenterie. Les vivants avançaient à pas de somnambule. Ils paraissaient se mouvoir dans une substance invisible, affreusement épaisse et pesante. Ils se mettaient à quatre pour porter un mort. Véritablement grotesques dans leurs capotes à manches trop longues, couleur de mousse. Des fantômes grotesques. Quand ils arrivaient au bord de la fosse, ils laissaient glisser leur mort et ils allaient en chercher un autre. Comme ça indéfiniment. Le mort tombait comme il pouvait, tout de travers. Il fallait loger trois cents morts dans chaque fosse. Trois cents, pas un de moins. Les morts et les vivants n'avaient qu'à s'arranger pour que ça tienne. Un sous-officier allemand faisait le compte. C'était un homme richement pourvu de joues, de mentons, de fesses. Un beau sous-officier allemand, ciré, rasé, luisant et consciencieux. Il tenait à la main des papiers et un crayon. Il comptait soigneusement ses morts. Cent soixante-seize, cent soixante-dix-sept, cent soixante-dix-huit. Sans se tromper. Une machine réglée au poil. Et quand même un homme réel, qui transpirait, qui fumait un cigare. Cent soixante-dix-neuf, cent quatre-vingts. Pour les Russes qui les trimbalaient, les morts souillés de sang séché, c'était quelque chose de lourd à trimbaler. Pour le sous-officier, c'était des chiffres. Cent quatre-vingt-un, cent quatre-vingt-deux... Trois cents par fosse. Cinq, six, sept fosses. Additionner, multiplier, noter des nombres sur ses papiers. Tout était en règle, et propre, et clair dans cet univers de la statistique où vivait le sous-officier. Un homme sérieux, qui faisait son service, comme il se doit. Les morts n'avaient qu'à faire le leur. Les morts n'avaient qu'à se caser à trois cents dans leur trou. Ce qui n'était pas facile, parce que le trou avait été calculé plutôt juste. Mais le sous-officier veillait à ce que les morts soient bien tassés. Il ordonnait à un Russe de descendre dans la fosse et de piétiner les morts pour faire rentrer tout ce qui dépassait, les têtes, les bras, et le Russe marchait sur les têtes, sur les bras, jusqu'à ce que tout ça soit comprimé, nivelé, qu'il n'y ait plus du tout de place perdue. Question de méthode. Grâce à quoi les comptes du sous-officier étaient exacts. Trois cents par fosse, ni plus ni moins. Trois cents.

C'était justement au temps des Russes. J'avais ramassé un vieux journal sur la table. J'ai vu ça. J'ai dit : tiens... Parce que ça ne faisait qu'un mort de plus. Un mort gris et cassé, avec des croûtes de sang noir. Pareil aux Russes. Pareil à tous les morts. Nu, impersonnel. Un mort qu'on a jeté comme ça une deux avec les autres morts. Dans une fosse. Des juifs et des communistes, disait le journal. Des otages qui avaient été fusillés. Quelques cadavres ajoutés à tous les cadavres de ce temps des cadavres. Et celui-là parmi les autres, c'était bien lui, le journal donnait son nom, son prénom, sa date de naissance : Gokelaere (Albert), né en 1915.

Mon élève Gokelaere... Car il a été mon

élève, il y a dix ans. Un petit maigre timide qui se troublait et bafouillait quand je lui posais une question. Il était assis au troisième rang, auprès d'une fenêtre d'où l'on voyait deux arbres et un mur. C'est même tout ce que je savais de lui à ce moment-là. Ils étaient trente ou quarante dans sa classe. Des garçons de seize ans, des petits mâles bornés, rusés et durs. Quarante cervelles où verser de l'histoire, de l'algèbre. Selon qu'ils en pouvaient plus ou moins contenir, on leur accordait plus ou moins d'intérêt. Cela pouvait s'exprimer par des chiffres, c'était commode : tant sur vingt. Les professeurs sont là pour ça. Pour corriger des copies, pour commenter Pascal ou Bossuet, pour préparer à des examens. Je faisais mon métier exactement. Gokelaere était pour moi l'élève du troisième rang à côté de la fenêtre. Gokelaere était un nom sur mon carnet, à sa place alphabétique, entre les F et les H, et il y avait des colonnes en face du nom, dissertation, explication de textes, et des chiffres dans les colonnes. J'étais en règle. J'aime être en règle. Je suis un fonctionnaire ponctuel. On est très ponctuel dans l'Université. On débite ponctuellement ses dates d'histoire, ses règles de grammaire, ses citations de Virgile. Comme l'épicier qui débite le gros sel et le fromage râpé. Ou bien comme un bon sous-officier qui compte des godasses, des rations ou des cadavres. Personne ne peut leur en demander plus, aux sous-officiers et aux professeurs. Le professeur a ses quarante élèves. Ceux-là ou d'autres, c'est sans importance. Quarante tous les ans, d'année en année, pendant une trentaine d'années. On n'a pas à chercher plus loin. On a une bonne conscience. Le soir, on va pérorer au Café de la Bourse, comme mon collègue Dardillon. Ou bien on prépare une thèse sur Crébillon fils, comme mon collègue Cercote. On est décent et bien noté. On est un bureaucrate scrupuleux, doucement avachi, respectueux des rites. On corrige des versions. On compte des faux-sens, des solécismes. On fait son boulot. Et tout ce que peut dissimuler d'angoisse et de déchirements un garçon de seize ans, ça, ce n'est pas notre boulot. Ni de peser sur ces avenirs qui s'ébauchent et s'embrouillent. Cela n'a rien à voir avec les programmes du baccalauréat. Et puis c'est une affaire trop sérieuse : corriger des versions n'engage pas tant. On parvient ainsi à vivre parmi des adolescents sans rien soupçonner d'eux. On traverse, de son pas respectable, ces régions hantées et misérables de l'âge ingrat, avec l'indifférence professionnelle d'un croque-mort ou d'un médecin des pauvres.

Pourtant, il arrive qu'une déchirure se fasse dans cet univers d'apparences où se tiennent les professeurs. Il arrive qu'ils soient mis en présence d'un de ces gestes insolites qui crèvent la toile. Comme cette fois où un petit élève de seconde s'est enfui du collège. On ne s'était jamais douté de rien. Il était si sage, si effacé, si quelconque. Pas fort en mathématiques, disait le professeur de mathématiques. Pas mauvais en anglais, disait le professeur d'anglais. Ce qui s'appelle un élève moyen. Et voilà qu'il avait fait ça. Personne n'y a rien compris. Il est parti un soir, et toute la nuit il a erré on ne sait où dans la campagne. Toute une nuit il a eu pour lui seul toute la nuit et toute la campagne, avec leurs bêtes et leurs étoiles. Et au matin, il s'est jeté dans un étang. Ses livres et ses cahiers étaient bien rangés dans son pupitre. Mais il ne laissait pas une confidence qui éclairât son drame. Pas un de ces pauvres carnets où l'enfance tente de démêler ses chances et ses forces. Pas même la lettre qui commence par : « Quand vous lirez ces lignes, je serai mort. » Il avait effacé ses traces et emporté toutes les clefs. Quand ces choses-là arrivent, on se demande si ça suffisait de corriger soigneusement des versions. Ils sont là, ces ombres de vivants, autour de ce jeune mort si lourd. Les Dardillon, les Cercote, avec leurs serviettes et leurs jaquettes, avec leurs vieilles gueules tachées de bile ou de couperose, chargées de barbes et de lorgnons. Ils se penchent sur cette eau refermée où tremblent les fatalités et les fantômes de l'adolescence. Pour une fois, ils s'interrogent, ils s'inquiètent et s'effrayent. Ils entrevoient des débats et des combats étranges, des existences cachées, tendues et tragiques. On n'est jamais tout à fait à l'abri de la tragédie. Même dans une salle de classe elle finit par vous relancer. Dieu sait pourtant que, professeurs ou non, les hommes n'aiment pas beaucoup ça, la tragédie. Sauf au théâtre, bien entendu. Et qu'ils se débrouillent, qu'ils font des détours pour l'éviter, pour ne s'apercevoir de rien. Sans quoi ils ne seraient jamais tranquilles. Ils marchent parmi les maisons, parmi les gens ; ils ne se demandent pas le secret des murs et des masques. Parce qu'on ne sait pas où ça mènerait, à quels désespoirs, à quels remords. Peut-être à des envies de tout casser, et ça ferait des histoires. Et on ne veut pas d'histoires. Surtout pas d'histoires. Rien de ce qui menacerait notre confort moral. Donc, les yeux fermés, les oreilles bouchées, la mémoire bouchée. Éviter de prendre contact. Éviter de prendre conscience. Dire qu'on ne s'occupe pas de politique. Jouer au bridge. Écrire une thèse sur Crébillon fils.

Gokelaere, lui aussi, appartenait au monde de la tragédie. On ne le savait pas. C'est humble, la tragédie. C'est taciturne. Ça ne gesticule pas comme sur les théâtres. La tragédie, c'est l'élève assis au troisième rang, à côté de la fenêtre. Et un peu plus tard ce sera cette silhouette maladive dans la foule. Ce mince passant avec des cheveux un peu trop longs et un imperméable bon marché. Gokelaere vivait tragiquement. Il y a des hommes que l'événement hausse par hasard au tragique, comme on tire de l'eau un noyé. Lui, le tragique était son élément naturel, son climat propre. Il vivait dans la lucidité, l'angoisse, l'accusation, la responsabilité. Si j'avais bien regardé, j'aurais compris cela. J'aurais pressenti cette vocation de malheur anonyme qui était en lui, ce destin de fosse commune. Mais je ne regardais pas. J'expliquais les auteurs du programme, je suis payé pour ça. Il faut dire aussi que c'est difficile, les rapports de l'homme et de l'enfant. Plus que n'importe quels rapports humains. Il y a à vaincre ces fiertés et ces silences, ce mélange d'emphase et de pudeur et cette vulgarité même par quoi l'adolescence se protège des entreprises de ses aînés. Même ceux qui essayent renoncent bientôt. Ils se réfugient dans l'accomplissement mécanique des petites tâches. Ce qui ne les empêche pas de chanter en chœur, aux distributions de prix, la noble mission de l'Éducateur.

Seulement, à quinze ans, Gokelaere ignore ces choses. Il croit que c'est comme dans les livres. Il rêve d'une amitié dans la gravité et la force. Des exigences, des résistances se cherchent en lui. Il faudrait que quelqu'un l'aidât à discerner ses certitudes. Il espère cela de ses professeurs. Il se dit que c'est leur rôle. Sa mère est morte. Rien à attendre de ses camarades : les bons élèves l'écœurent qui déjà nourrissent des ambitions de vieillards, et les autres s'abrutissent dans les jeux d'un érotisme sommaire. Mais les maîtres, eux, doivent comprendre. Il y en aura bien un au moins qui comprendra. Ou alors à quoi servent-ils ? Il y en a bien un qui l'aimera, à qui il pourra tout dire. Tout : il ne sait même pas ce qu'il entend par là – une richesse à libérer, une confusion à démêler, un élan à dessiner... Les enfants se résignent malaisément à se passer des hommes. Et c'est de moi qu'il a attendu secours. De moi. C'est plus tard que j'ai su. Car on finit par sortir des écoles, et alors tout devient simple. Entre hommes, on peut quand même se rencontrer et s'entendre. Il avait lu je ne sais quoi de moi dans une revue. Il m'a écrit. Il s'est raconté. J'ai toutes ses lettres où il me décrit sa grande solitude et l'espoir timide et anxieux qu'il avait mis en moi. En ce temps-là, j'avais pensé, m'écrivait-il, que vous pouviez devenir pour moi une sorte de grand copain supérieur à qui l'on aurait tout confié. Mais je n'ai pas deviné. Je l'ai abandonné à sa solitude, et amer d'une amertume qui ne s'effacera plus. Je suis un professeur comme les autres.

C'est quand tout est fini qu'on comprend. Quand il est trop tard, qu'il n'y a plus rien à faire, qu'on ne peut plus rien pour personne.

Il a quinze ans. Il a vingt ans. Il est seul. Et ce n'est pas facile à porter, la solitude. Pour les imbéciles, il y a les cafés. Il y a les églises pour les croyants. Mais des croyants on n'en trouve plus guère. Et ils ne sont pas toujours beaux à voir. Aussi vides pour la plupart que leurs églises, ces tristes églises où les prières font seulement ce murmure qui s'attarde dans les coquillages vides. Alors, pour ceux que ça ne tente pas, la belote ou la messe, il y a les partis. Un parti, c'est d'abord un peu de chaleur humaine. Le bonheur d'être des hommes assemblés. Des camarades. C'est aussi fort que l'amitié, la camaraderie. Et c'est plus viril, plus sobre. L'amitié ne va qu'à un être. La camaraderie va à une cause, à une œuvre, à une exigence passionnée. Elle nous lie à des hommes non par ce qu'ils sont, mais par ce qu'ils font. On construit ensemble une certaine chose – un pont ou une route, ou un monde. Pas question de savoir s'ils nous plaisent ou non. C'est assez de savoir qu'un certain avenir ait besoin d'eux et de moi, et que nous ayons choisi de faire passer dans le réel un même espoir, un même vouloir, eux et moi, les camarades et moi. On est là vingt types dans l'arrière-salle d'un bistrot. C'est plutôt miteux comme décor. Et ce n'est pas toujours excitant comme conversation. On parle d'affiches à coller, de tracts à distribuer. Et quand même il se dépense là plus de ferveur vraie que dans toutes leurs églises. On s'y sent confiant, assuré. Un homme seul, cela ne pèse pas lourd malgré toute sa bonne volonté. Un homme qui dit : moi, sa voix se perd tout de suite. Mais lorsqu'il dit : le Parti, sa voix sonne dur. *Moi*, ce n'est rien contre l'hostilité du monde, la compacité du réel ; moins que le vol d'une mouche contre la vitre. Mais *le Parti*, c'est quelque chose de lourd, et qui compte, et qui casse les vitres et le reste. On choisit d'être avec cette force. Pas tellement à cause des idées qu'on a. Pour être avec cette force. On choisit d'adhérer, et les idées viennent ensuite. On ne pourrait jamais tout examiner et tout lire. Toujours il reste des objections et des réponses, et des réponses aux réponses. On n'en sortirait pas. Il faut cette démarche violente et totale. On se porte là de tout son poids parce que c'est là qu'on a sa place. Le révolté dans la révolution. Le conservateur dans la conservation. Marx ou Maurras n'y sont pas pour grand-chose. On a su de tout temps dans quel camp on se battrait. D'une connaissance aveugle, organique ; comme la plante sait le soleil.

Gokelaere a grandi du côté de Liévin ou d'Hénin-Liétard, parmi la véhémence des paysages métallurgiques qui proposent de la condition humaine une image simple et terrible. Il appartient à tout ce qui est dur et sans espoir, aux nuits, aux foules, aux violentes banlieues, aux fraternités dangereuses de l'esclavage et de la colère. Il est du côté de la révolte. Pas tellement à cause des bouquins d'économie politique qu'il se contraint à lire ; mais par un mouvement de fidélité venu du profond de son enfance et de sa race. Ses compagnons ne peuvent être que ces gars rudes qui prétendent changer le monde. Il est avec eux : uni, lié, engagé. Il ne se dégagera pas. Il a juré. Sa promesse le mènera aussi loin qu'il faudra. Jusqu'à ce mur, dans le matin, contre lequel on le tuera avec indifférence. Jusqu'à la fosse où on le jettera, parmi d'autres qui avaient juré aussi – ou même qui n'avaient rien juré du tout, qui n'étaient même pas dans le coup et qui n'y auront rien compris... Richesse de ces jours auxquels il a donné un sens, un centre. Les camarades sont là, ça va. Tout est clair. On compte sur toi. Tu passeras à la permanence. Il faudra voir pour le journal. Tu nous donneras un coup de main. Réunion vendredi prochain...

Mais il y a les soirs. La chambre où l'on se retrouve. Pas drôle de se retrouver. De revenir à soi comme à une chambre toujours la même. Les mêmes impuissances, les mêmes dégoûts, la même poussière toujours et la même moisissure. Dans la journée, passe encore. On parle, on s'embête, on fait son métier. Mais le soir on a sa vie devant soi et on est bien forcé d'y regarder. À moins d'aller au cinéma ou au bordel. Mais Gokelaere n'est pas de ceux qui s'échappent. J'imagine ses soirs – la table, le papier, la lampe. Il est rentré avec des journaux dans ses poches. Il écoute la nuit. Les nuits, pour un type comme lui, c'est pesant et plein, et peuplé. Ces nuits du pays minier, il se nourrit de leurs rumeurs. Il en déchiffre les significations désordonnées. Il en recueille les messages, tout ce qui monte des fosses et des corons de brique rouge. Il est accordé à cet effort énorme qui fait vibrer et crier la nuit, à ces milliers d'hommes de la nuit, engloutis et peinant dans la nuit, à ces hommes sans nom et sans visage dans le destin confus desquels il a choisi de se perdre comme on se perd dans la nuit et dans la mort. Il est accordé à jamais aux hommes des camps, des prisons, des chambres de torture. Ses camarades. Accordé à ce monde de nuit et de sang. Onze heures, minuit – le moment où le monde est le plus cruellement présent aux consciences attentives. Alors, l'objet banal avoue de terrifiantes arrière-pensées. Un réveil sur une commode fait son bruit absurde qui emplit la chambre d'allusions et de pressentiments. Un bruit qui va chercher d'autres bruits dans le monde de la nuit et de la mort :

> Tic tac sur le front, tic tac aux épaules,
> Tic tac en plein cœur, tic tac aux entrailles,
> Tic tac au ciel noir, tic tac dans les yeux,
> Tic tac au parfum de tes regards bleus,
> Tic tac aux vignettes des jours défunts,
> Tic tac vers les doigts raidis de ma mère,
> Tic tac aux douleurs des longues échines...

C'est des choses comme cela qu'il écrit, les soirs, dans sa chambre. Des choses qu'il écrit pour se délivrer par les mots des hantises qu'il reçoit du monde. Qu'il écrit gauchement et obstinément, pour tenter, par la poésie, de se créer. Car il ne se satisfait pas de lui-même.

Ni de l'action où il est engagé – et c'est là le tourment secret. Onze heures, minuit, le moment de la grande sincérité ; le moment de la fatigue et du retombement ; du doute. « J'ai depuis longtemps l'impression qu'il me faut sortir de quelque chose. D'un marais ou d'une forêt. » Les camarades ne vous défendent pas contre ça. Ils sont solides, les camarades, ils sont sûrs ; mais ils ne vous défendent pas contre ça. On voudrait vivre seulement le drame de tous. Mais on a son drame à soi, distinct du drame de tous et qu'on retrouve chaque soir. Son inévitable et misérable drame. « Cette lourdeur, cette boue presque continuelle, cette fragilité. » On a beau faire, on reste un pauvre homme empêtré de faiblesse et de dégoût. Onze heures, minuit, le moment où l'on sait qu'on est seul, qu'on est un homme pauvre et seul.

> Ici la plaine sans un souffle,
> Des années qui vacillent loin ;
> J'ai mangé du pain dans ma ruine,
> J'ai plein de boue sur mes souliers,
> Du noir aux ongles.

C'est des choses comme cela qu'il écrit, des choses de fatigue et de solitude. Il y a les camarades. Il y a les évidences et les exigences de l'action. Mais quand même on est seul. Seul comme le petit garçon dont personne ne connaît les rêves. Seul comme le cadavre dans le trou à cadavres. Chaque soir renaissent les écœurements de la solitude.

L'épicerie en cage
Vomit son sucre quotidien.
Retrouver ses mantes d'insecte.

Chaque soir reforme la conscience d'une culpabilité. « Le sentiment désolant d'agir pour agir et pour échapper à moi-même. » Car la cause qu'il sert ne lui sera jamais suspecte, mais seulement les mobiles qui le portent vers elle. Et enfin on n'a pas le droit d'être seul. C'est là ce qu'il se dit à voix basse, les soirs. On n'a pas le droit de dérober aux camarades une part de soi. De dorloter dans son coin ses petites maladies à soi. La fidélité partisane, est-ce que c'est assez ?

Et notre bataille. À nous.
Parle, parle, parlez, vous.
Cette heure ne la dirai
Qu'à ceux qui ne halent plus.
Camarades pardonnez
Cette heure qui m'a épinglé,

Cette heure de vieux granit.
Parle, parle, parlez, vous.
Contre notre sol sans bout
Et d'âcre fumée de bois.
Camarades pardonnez-moi,
Je ne dis rien que pour moi.

Il y en a qui tirent de la fierté de leur solitude. Gokelaere vit la sienne comme un péché inguérissable. Rien à faire contre ça ; contre cette angoisse de se refuser malgré soi à la communion ; d'être pris entre le don de soi et la recherche de soi, entre la fidélité et l'authenticité. Il l'exprimait dans des poèmes maladroits et poignants. « Les mots choisis sont plus ou moins heureux ; on cherche. » Des poèmes qu'il m'envoyait, quelquefois, recopiés en hâte, avec des fautes d'orthographe. C'est ainsi qu'il m'est apparu. Après l'école. Il me parlait un peu, dans ses lettres, de sa jeune femme, d'un enfant qui leur était né. C'était en 1938, en 1939.

Et maintenant l'histoire est finie, ça n'aura pas duré longtemps. Gokelaere a été fusillé. Voici son nom dans un vieux journal. On est venu le prendre un matin, on l'a entraîné dans un bruit de grosses semelles. Il aura lu sur la peinture brune d'un couloir quelque inscription obscène, et c'était le dernier signe que lui faisaient les hommes. Le voilà parvenu à la pointe extrême de l'humaine solitude. Ce que ce moment-là put contenir de désespoir ou, qui sait, de paix, personne n'en connaîtra rien. Et nous ne devons pas être bien nombreux à nous en soucier. Les camarades ont dit : « Pauvre vieux », ou : « Les salauds ». On n'est plus au temps des mots. Un homme marche entre des baraques et des barbelés. Il pense à tout ça. Le camp a son odeur d'été, son odeur d'urine et de sable chaud. L'homme regarde, au-delà des barbelés, des Russes qu'on enterre. Trois cents Russes par fosse. À combien est-ce qu'ils en sont, à présent ? C'est un homme qui n'est plus jeune. Un homme qui fait ses comptes, puisqu'il n'y a rien d'autre à faire. Il pense à sa vie, à son métier. Aux rencontres ratées, aux amitiés, à tant d'occasions ratées : c'est toujours à cela qu'on pense quand on se met à réfléchir à sa vie. Toutes ces possibilités précieuses, et on a passé à côté. Pas de quoi être fier. Et il n'y avait peut-être pas moyen de ne pas passer à côté. Est-ce qu'on sait ?

Tout est trop embrouillé, on n'arrive pas à s'expliquer. Ou bien tout est trop simple. Tout n'est plus qu'une question d'arithmétique. Comme pour le feldwebel là-bas, avec ses papiers et son cigare. L'homme dit : Gokelaere. Sans étonnement, parce qu'on n'arrive plus à s'étonner de rien. C'est l'époque qui veut ça, on en a trop vu. Gokelaere. J'écris son nom, c'est tout ce que je peux pour lui maintenant. Gokelaere. Un nom qu'ils ont mis dans les journaux, qu'ils ont dû afficher dans les couloirs du métro. Un nom qui ne parle guère plus qu'un chiffre. Les cadavres, c'est des cadavres, et il y en a trop pour qu'on calcule ce que chacun portait dans la vie de rêve, de volonté et de tristesse. J'écris son nom, Gokelaere, comme on écrit un nom sur une croix. Mais personne ne lit les noms sur les croix. Et il n'y a même pas de croix. Il n'y a rien.

Achevé d'imprimer en juin 1998
sur les presses de l'Imprimerie Bussière
à Saint-Amand (Cher)

POCKET - 12, avenue d'Italie - 75627 Paris Cedex 13
Tél. : 01-44-16-05-00

— N° d'imp. 1360. —
Dépôt légal : juillet 1998.

Imprimé en France